中公文庫

味 覚 極 楽

子 母 澤 寛

中央公論新社

目次

序　11

しじみ貝の殻　〈子爵　石黒忠悳氏の話〉　12

蛤の藻潮蒸し　〈資生堂主人　福原信三氏の話〉　19

冷や飯に沢庵　〈増上寺大僧正　道重信教氏の話〉　25

天ぷら名人譚　〈俳優　伊井蓉峰氏の話〉　30

砲煙裡の食事　〈子爵　小笠原長生氏の話〉　37

「貝ふろ」の風情　〈民政党総務　榊田清兵衛氏の話〉　45
鯉の麦酒だき　〈伯爵　柳沢保恵氏の話〉　52
珍味伊府麺　〈男爵夫人　大倉久美子さんの話〉　60
西瓜切る可からず　〈銀座千疋屋主人　斎藤義政氏の話〉　69
うまい物づくし　〈伯爵　溝口直亮氏の話〉　77
日本一塩煎餅　〈鉄道省事務官　石川毅氏の話〉　83
大鯛のぶつ切り　〈俳優　尾上松助氏の話〉　88

酒、人肌の燗
〈元鉄道大臣　小松謙次郎氏の話〉　94
長崎のしっぽく
〈南蛮趣味研究家　永見徳太郎氏の話〉　103
宝珠荘雪の宵
〈伯爵　小笠原長幹氏の話〉　115
あなご寿司
〈筑前琵琶師　豊田旭穣さんの話〉　122
竹の子天ぷら
〈実業家　三輪善兵衛氏の話〉　128
新巻の茶づけ
〈東京駅長　吉田十一氏の話〉　134
新しいお釣銭
〈日本橋浪華家　古藤嘉七氏の話〉　140

そばの味落つ 〈医学博士　竹内薫兵氏の話〉 147
奥様方の奮起 〈実業家　鈴木三郎助氏の話〉 154
三重かさね弁当 〈舞踊家元　花柳寿輔さんの話〉 162
お茶に落雁 〈赤坂虎屋　黒川光景氏の話〉 168
真の味は骨に 〈印度志士　ボース氏の話〉 176
しぼり汁蕎麦 〈陸軍中将　堀内文次郎氏の話〉 183
高島秋帆先生 〈麻布大和田　味沢貞次郎氏の話〉 189

梅干の禅味境　198
〈医学博士　大村正夫氏の話〉
料理人自殺す　212
〈伯爵　寺島誠一郎氏の話〉
蒲焼の長命術　221
〈竹越三叉氏の話〉
料理人不平話　227
〈宮内省厨司長　秋山徳蔵氏の話〉
当番僧の遺繰り　233
〈鎌倉円覚寺管長　古川堯道氏の話〉
四谷馬方蕎麦　242
〈彫刻家　高村光雲翁の話〉
味覚極楽後記　252
解　説　尾崎秀樹　254

味覚極楽

序

実は読んで見て吃驚《びっくり》した。単に何処其処《どこそこ》の何にがうまいとかうまくないとかいう果敢《はか》ない味覚を語るだけの本ではなかった。良き時代に生れ、良き時代に育った達人たちが、然《さ》り無げに味覚に托して、人生を語り、その処するの道を論じているのである。

思えば三十年の昔、下っ端の一記者としてほとんど無心でこの話を伝えた私は、これを、今にして、私の生涯のいい仕事であったと、自認すべきではないかというような気持がする。これから更に三十年後も、いや五十年百年の後ちも、この話はこの話なりに今と同じく少しの古さも感じさせずに生々と残って行くだろう。

昭和三十二年　初夏

しじみ貝の殻

〈子爵　石黒忠悳《ただのり》氏の話〉

浅草の阪東報恩寺、冬の何日かが親鸞上人の法事で、この時に仏前で真魚箸《まなはし》を使って生きた鯉を料理し、刺身にして食べさせた。石州流の茶人吉田忠兵衛というのが、この真魚箸の名人で、目の下二尺位の大鯉のあたまを、一尺余の金の箸の先でちょいとつまんで、ぴくりっともさせずに清水を汲んでがばがばと洗う、見事なものであった。この名人がわしのところの料理の先生、死んだ家内などは苦労をしておそわった。その感化で未だにわしのところで吟味をするのが毎朝の味噌汁、これは日常第一に大切なもの、わしは貧乏しているが、この味噌は三州の飛び切りに、江戸のあま味噌を少しばかり割込み、だしは昆布でとって更に鰹節でとる。鰹節は前々から削っておいてはいけない。その使う少し前にかき立てて用いるが、これもごく上等のものでなくてはいけない。つまり本式の茶懐石の材料でだしをとるもので、実《み》は時々の物を入れるが、まずこれだけは自慢が出来る。飯はむかしから押割麦をまぜて炊かせている。

先年大津に川魚料理の会があった。いろいろ諸国の名人も集まり、水産講習所から松原さんという人も来ていたが、川魚だけはどうしても関西にはかなわない。鯉のあらいでも、こくでも、あめだきでも、みんなむこうの方がうまい、ただうなぎの蒲焼だけはこっちのもので、これには関西側もかぶとをぬいだ。関西のスッポン料理もうまいが、うなぎの方が一枚上だ。ドイツで、あれをうでて皮をむいて白ソースをかけて食わされたことがあるが、うまくなかった。

牛込早稲田に赤沢閑甫という茶人が住んでいた。わしよりは三十位も年長だが元気な老人であった。作州津山の藩主松平さんの茶道だったが、お気に入りだったので、御維新の際に茶室を賜わった。閑甫翁はその茶室のかたわらに、六畳一間の粗末な家を建て、ばあさんと二人ここに住んで、光風霽月《せいげつ》、終生茶を楽しんで終った。

わしは友人五、六と共にこの庵へ招かれたことがある。老人は貧乏、すべて簡素なこしらえで、その茶料理のめし、汁、むこうづけ、とりざかな、ゆずゆもの、香のもの、菓子、茶と型通りに品は出るが、この汁（味噌しる）の実がしじみ貝、やきものが薩摩いもであった。金にあかした品々よりも茶料理としてはこの方におもむきが多い。わしは汁を吸いながら貝のからを一つ一つお椀の蓋《ふた》の上へ並べてみた。

そして「どうもお心づくしの結構なお料理、ことにこの汁はうれしく思います」というと、老人は非常に喜んで、「その汁にお目をおとめ下さって何よりも有難い」といった。しじみの貝がみんな同じ大きさで、つまり粒を揃えたところに老人の心がまえがある。金がないので心で食わせる料理であった。近頃は同じ茶をやってもただ贅沢ばかりで、こんなおもむきのあることをする主人はいなくなった。

先年まで山谷の八百善に「福」という名人がいたが、これが死んで後が「清」というものので、今は一人立ちになっている筈だが、これがなかなかうまい。どのお茶席でも、多少名のあるところは、すべて料理はこの清がやるので、妙な話で、これが病気などの時には、俄かにその茶席がお流れになることがある。三井へ行っても清の料理、大橋（新太郎氏・博文館主）へ行っても清の料理、馬越（恭平氏）へ行ってもやはり同じ。わしのように茶席を五十年もやっていると、いくら品物が変っても料理をちらりと見ただけで、「ははあここも清だな」ということがすぐにわかるので、どうも面白くない。立派な料理が出来るが、いかに金をかけて立派にしても清は清であるから、そのために、どこのお茶もここのお茶も同じになる。わしのところなどは、下女の料理を並べてお茶席をやる。石黒には石黒のお茶があるから面白いのだと思っている。閑甫翁のところなどは、よく鰹のしおからがあったり、いわしのぬたがあったりした。茶料理にはこのおもむきが大切である。

金持の茶室はどこもなかなかよろしいが、まず主人役として折紙をつけられるのが、益田鈍翁《どんのう》（孝男爵）に高橋箒庵《たかはしそうあん》（義雄氏）。しかし茶席も二十年や三十年位やったのでは、まだまだ若いから、自然無理も出るし客を窮屈がらせたりもすることになる。お茶料理もいたずらに贅沢になってはおしまいである。

いま（九月初旬）うまいのは魚ではすずき、しまあじにまずうなぎ。鳥では金が高いが鶩が第一、あひるも食い時である。枝豆をむいて、それでこしらえた青豆豆腐も風味があっていいし、白ごまの皮をむいてこしらえるごま豆腐もいい。若い頃ベルリンで大さわぎをして豆腐を製造して、外国人などへ食わせたことがある。どうもふわふわして変梃《へんてこ》な食物だといっていたが、あれは日本が自慢の出来るたべ物の一つである。

今は抹茶をのむが、もとは煎茶をやった。一斤十五、六円位のがよろしい、ぬるま湯で少し濃く出して、小さな茶碗の底の方へ一口分位の分量を入れて一息に吸い込む。あまい味がしばらく舌からぬけないところが千両である。安茶をのむ位ならば、むしろ番茶をよくほうじてやる方がよろしい。（当時〈昭和二年〉の物価指数――白米一斗に付三円五十銭）

むかしの「八百善」というものはえらかった。ある時「きょう鯛がありませんので平目のお刺身です」との挨拶だったので、よほど海は荒れているなと思いながら、ここでの会を済ませすぐその足で、川を渡った「八百松」の二百名ばかり集まる宴会へ出席すると、こちらは立派な鯛がずらりとお膳についている。それをお土産に持ち帰って、家内へこのことを話すと「どうも驚いたものです、この鯛は河岸《かし》では三等品、八百善は、自分の家で使う鯛がないと申した次第でしょう」とのことだ。

その後に、昼少し前に御飯を食べに立ち寄ると、ちょうど河岸から魚が着いたところで、井戸端でこれを洗っているのを見たが、いかにも立派な魚ばかり、どんな小魚でも一等品であるので、わしも家内も舌を巻いた。

友人五、六名で、小さな会をするために、あらかじめ日を定めて、八百善へ頼んでおいた。ところが会の前々日になって、俄かに使者が来て「実は今日、私の町内でコレラが出ました。私の家とは何んの関係もありませんが、念のために御達しいたします。それでも御会合は遊ばしましょうか」とのことである。

わしは思わず膝を打ったことを覚えている。いまの料理屋の主人に、これだけの心掛けのものがいるかどうか、自分の家から病人が出ても、これをかくして客を呼ぶものが多かろうと思う。料理も、もうすでに、その気持において、口惜しいことになっている。

石黒况翁《きょうおう》のこと

石黒翁はあの頃もう八十を越していて、玄関に、当家主人は老齢で余命いくばくもないから面会は五分以内という意味の張紙がしてあった。それでいて逢ったとなると話好きで、一時間も二時間も尽くるを知らない。牛込揚場町《あげばちょう》の旧い旗本屋敷で、黒く塗った長屋門がそのまま。

母屋は改造した明治調の洋館。応接間は室内はもとより廊下にまで棕櫚竹《しゅろちく》の大きなシナ鉢が幾つも置いてあって、これまたひどく立派で青々としていて、ちょうどその棕櫚と棕櫚との間で翁と話しているような恰好であった。

大柄などっちかといえば顔の長い人で、まだ若い物知らずの新聞記者を気に入ったと見えて、何んでもよく話してくれた。十九で越後を出て、信州松代に佐久間象山を訪ねた話や、その旅路で大島誠夫という肺をやむ勤王志士と一緒になった話や、まるで小説のような面白いものが未だに私の記憶にはっきりしている。

象山の時はたびたび門前払いの末にやっと逢えたら、

「何用で来た」

とあの青白い顔で、白目勝ちの眼をむいて顎《あご》へのばした黒い鬚《ひげ》をしごきながら不機嫌に睨むようにいったに対し即座に、

「先生の泣顔を拝見に来ました」

「どうしてだ」

「先生がお書きになった力士雷電の碑文の中に、我将《マサ》ニ泣カントスルナリとあります。その泣顔を拝見に参ったのです」

と象山の四百字近い文章を暗記していてすらすらと述べた。象山は「奇なり奇なり」と笑ったという。

私はその時、

「象山という人は妙な笑い方をするんですね、奇なり奇なりとは甚だ奇ですね」

といったら、翁は、

「お前こそ奇な男だ」

といった。

先輩と書生との作法や、他人の佩刀《はいとう》を見る時の作法や、長剣短剣の利害論や、悉く事実に徴してずいぶん為めになる話をきいている。

大島誠夫の話はずいぶん面白かった。幕吏の目をかすめて逃げ歩きながら、かんかん陽の照る下で道ばたから温泉の湧き出てるのに浴したり、旅籠屋《はたごや》での出発前後の心くばり、後ちに翁がその大島の墓をたずね廻ってそれらしい墓前にたどりつき、はからずも昔はさぞやと思われる老婦人に逢ったり、斬合いの話など。

翁、名は忠悳《ただのり》、号は況翁。明治初期に泰西医学をわが国の各方面にとり入れた功労者である。最後に枢密顧問官だったが、昭和十年あらゆる公職を離れて私が逢った頃は実に悠々自適、白雲の去来するような生活であられた。


（昭和二九・五・五）

蛤の藻潮蒸し

〈資生堂主人　福原信三氏の話〉

夏、アメリカの海岸を旅行していると、よく、砂浜へ天幕を張った気の利いた小料理屋が出来ていて、海水浴をやっている人たちが水着のままで集まり、その砂地で立ちながら何にかをたべているところがある。私もここで蛤《はまぐり》の蒸し焼きをたべた、ずいぶんうまかった。今まで外国でも、いろいろなものをたべたが、こんなうまい物はなかった。

砂地へ三尺四方位の深い穴をほる、一方ではどんどん火をたいて、その中へ二寸から三寸位の丸石を沢山くべ込んで焼いている。更に一方では、海の中から藻草を拾い集めて来る。さアよろしいとなると砂穴の中へ焼けた石をどんどん投げ込んで、その上へ潮水のついたままの藻草をばらばらとまきながら一寸位の厚さに入れる、シュウシュウと白い蒸気が立つ。その藻の上へ二寸から二寸五分位の少し大き目の蛤を手早く並べ、またその上へ潮水にひたした藻を入れて、そこへまた燃け石を投げ込む、また藻を入れて蛤を入れて石を入れる。何層にかこれをやった上へ、砂をすっぽりとかぶせて約三十分ほどはそのままにしておくのである。さて砂をほり藻を除いて取り出した蛤には、自然に藻の潮がしみ込んでいる上に、ふんわりと蒸し焼きになっているので、実にうまい。

私は今でもまったく洋食の生活。日本の飯は一週に二度位よりいただかない。フランス人の家庭に二十年もいた老人のコックに任せきりであるが、日本式の生活よりはぐっと経済でもあるし愉快にもすごせる。毎朝牛乳を五合、これもいろいろあるが静岡の清水港付近のが一番うまい。千葉からも沢山出ることは出るが、私は静岡の方が好きである。これは乳牛の食物の関係であろう。

それからオレンジの汁、これは夏でも冬でも食事の前には必ず一個ずつ吸うことに定めているし、吸わねばどうもからだの調子がわるくていけない。砂糖を入れたり味をつけたり、あるいは湯などを入れては駄目である。生のオレンジをそのまましぼって生で飲むので、カリフォルニア産のものが一番うまいし上等だが、これは値が高いから時によっていろいろなものを用いる。今ではその汁をちらりと見ただけでもどこのものかもわかるし、香をかいだだけでもわかるようになった。

「味覚極楽」の頃

小野賢一郎氏は古今の名社会部長だったと思っている。実になつかしい。あれほど趣味の豊かな物わかりのいい人は私の今日までの生涯に二人と知らない。辛辣を趣味の衣にふんわりと包んで、あらわにはその鋭鋒を人に示さなかった。本書（龍星閣刊）の扉文字の「味覚極楽」はこの小野さんの筆である。

石黒翁を書いている私を覗いていた小野さんへ私が、

「次は誰をやりましょうなあ」

といったら、

「福原はどうだ」

「福原？　いいでしょうね」

そういう会話でやがて原稿を部長の机へおいて私は出かけて行った。私は新聞記者というものになって東西が少しばかりわかりかける頃からずっと遊軍という、言わば定まった持場のない部長の手兵のような仕事をつづけて来ていたので、部長がちらりとこっちの顔を見る瞬間に、今日はどういう仕事をさせたいのかおよその見当のつくほど、敏感に訓練されていた。

「味覚極楽」の昭和二年は、自分では部長とのこの呼吸も一番ぴったりと合っていた頃の仕事だと思う。翌年から私は小説を書き出し、昭和七年私が社を辞す前に小野さんはすでにＮＨＫの放送部長になっていられた。

ところが次の日、また原稿を書いているのを覗き込んで、

「何んだ資生堂か」

という。

「福原信三ですよ」

「おれは福原俊丸だと思ってたよ」

「なあんだ」

部長もそうだったろうが、私も狐につままれたような心地がした。当時福原資生堂氏は外国帰りでなかなかしゃれた面白いことをいっていたし、沢翁との対照も面白いと思ったので私は一も二もなくやったのだが、小野さんはこれもその頃政界の粋人で鳴っていた俊丸男爵を考えていたのだ。俊丸男爵は長州の家老で例の長州征伐一件で切腹した勤王家福原越後《ふくはらえちご》の孫、貴族院議員でぱりぱりしていたというよりは赤坂新橋折花の巷に俗に「箒御前」の雄名があった。

では、「俊丸にしましょうか」「いや、いいよ、その福原も面白そうだ」これでこの一件は終ったが、自分では、小野さんと呼吸が合うと思い込んでいたのが、こんなことで多少の自信を失わざるを得なかった。

その信三氏とは、どこでお目にかかって話したか、もう忘れてしまったが、椅子へかけてから脚を組んで話していたあの時の信三氏の特異なポーズや顔つきは覚えている。立派な洋服を着ていた。

あの頃の新聞というものは、毎年夏になると定まって社会部の材料は少なくなった。俗に「夏枯れ」といって、仕方がないから毎日一定の行数を「囲みもの」または「続き物」という、言わばやや閑文字的なものを連載して穴うめにしたものである。「涼み台ばなし」「緑蔭閑話」「涼風夜話」というような類。

それでその主題を部員から募る。銘々思いつきを紙へ書いて部長の手許へ出す。「味覚極楽」もこうしたことで極まって、さて「誰がやる」「梅谷だ」というようなことで私へ来たもので、誰の発案だか、私は忘れている。多分傾向から見て発案者は小野さん自身ではなかったかと思う。

この「囲み物」は好むと好まざるに拘らず私の一手販売みたいになることが多かったが、ある夏また「縁台ばなし」というようなのがはじまって、私は部長に命ぜられて、千葉の佐原《さわら》に俠客佐原の喜三郎の遺蹟をたずねて書いたことがある。新吉原の遊女大坂屋花鳥等六人で八丈の島ぬけをした伊呂波屋喜三郎という軟派やくざの話。

ところが、こんなことにはいっこうに趣味性のない重役さんがいて「新聞に講談のような博徒の話を書くなんて何事だ」といって私がさんざんなお目玉を喰った。何あに私の知ったことじゃない、部長の命令なんだ、何にも新聞だからって、そう最初の一行から最後の一行までぎすぎすしたことばかりで紙面をうめることはない。たまにはこういう間のぬけた閑文字も、厳しい人間生活のうるおいになっていいものなのだ。重役だってそれ位のことを知らない訳はないんだが、まず嫌いな部長への面当ての叱言《こごと》である。重役は、われわれの机の前へ来ては何度もしつこくいったが、部長も私らも黙っていた。同僚の中には「ほら見ろ」というような顔でこっちを見ている人もあったが、それきりになった。事実はあ奴がこうした「囲み物」を書くということに一種のねたみを感じていた人もあったのである。

私は今日、小説を書く上において、よくこの小野さん的読者と重役氏を対象に置く。二つの違った流れの読者がこの二人にはっきり現れるからである。小野さんには、呑み込んでいただける味も重役には全然わからない。どんな味でも、どんな細かな芸でもわかる小野さんを対象とすべきか、それともこうしたことには木偶《でく》同然なその重役を対象とすべきか。

私は年をとってこの重役的読者を黙殺する傾向になりつつある。これではいけない、段々一般読者と分離すると思いながらも――。

「味覚極楽」ももはや古典だという。当時末輩の一記者梅谷もすでに老朽作家の部に入った。

（昭和二九・六・五）

冷や飯に沢庵

〈増上寺大僧正　道重《みちしげ》信教《しんきょう》氏の話〉

わしは旅行をする時には大てい海苔巻《のりまき》ずしを持って行く。これはたびたびの旅行で、馴れない物をたべてヘドを出したので、こりこりしたからじゃが、わしの食べ物では第一の贅沢じゃ。朝にこしらえようと思えば、飯は夜のうちにたいておく。そして、酢をすっかり煮込んでこれを冷やしてから飯に交ぜ、沢庵の中身のうまいところを細長く切って、これを通常の海苔巻のかんぴょうのように入れてこしらえるのじゃ。巻くのが面倒な時は飯の中へ沢庵を細かに切り込み、海苔を焼いて、これを粉のようにしてふりかけて交ぜ、大きな握り飯にして持って出る。どちらもうまいが、わしは馴れているためか、握った方がよろしい。汽車の一二等急行の食堂には日本飯がないが、ありゃ怪《け》しからん話じゃ。日本人が外国人の食物をたべてどうするかい。大体人間の歯というものは菜食をするように出来ておる。それをやたらに肉類をたべるから歯が弱って早く年をとるのじゃ、わしは七十二歳じゃが、この歯を見て下さい。十三の時から麦めしと梅干で育った爺の歯じゃ。肉食をする者の眼玉をよくよく見ると、どうもけものに似た光を放っている、従って心もじゃ。三千年前に釈尊が「肉をくうと慈愛の精神がなくなる」と説かれたのはここじゃ。はす、殊に新蓮を焼物のおろしでおろしてこれを玉にしてゆでる、一方では、昆布のだしにうすい塩味をつけ、これに玉を入れて吸い物にし、つめたい麦めしを相手にこれを食べるうまさは、肉類などを喜んでいる人にはわかるまい。飯じゃがね、これはつめたいに限る。たきたてのあたたかいのは、第一からだに悪いし歯にもよくないし、おまけに飯そのものの味もないのじゃ。本当の飯の味が知りたいなら、冬少しこごっている位のひや飯へ水をかけて、ゆっくりゆっくりと沢庵で食べて見ることじゃ、この味は恐らくわしのような坊主でなくては知るまいが、うまいものじゃ。徳川家の法事の時には三日も一流の料理人が寺へ来て見事な精進料理をこしらえるし、家達《いえさと》公もなかなか御存知でいられるが、今ではもう本当の精進料理というものは、誰も造れなくなってしまった。

この頃の料理はすべて付け味が多くて、天然の物そのものの味がなくなっている。大根にしても厚く皮をむいてしまうし、牛蒡《ごぼう》にしてもそうじゃ。こんな物は皮をむいてはいけない。大根は土を洗い落としただけでよし、牛蒡は荒縄で二、三回もごしごしこすればよろしいのじゃ。昆布を敷いて、それへ大根を大きく輪切りにぶつぶつとやってのせ充分に煮たものへ、生醤油《きじょうゆ》をちょっとつけて食べる。大根のうまみというものがよくわかって結構じゃ。砂糖などを使ったり、外のものを入れて味をとってはいけない。菜のひたし物にしても鰹節をかけたり何にかしては、折角の菜の味がなくなるから、やはりゆでたままへ塩をふりかけるか、生醤油のままをかけてたべるに限る。大根を切る時にどうも庖丁を使っては味が変って来る。菜などは絶対に庖丁を用いてはいけないし、大根もわしは二つ位にポキリと折って大きなままで煮て、たべる時に箸で小さくしてやっている。

唐がらしをちょっと火にあぶってかじるのもうまいし、けんちん汁も好きじゃ。

しかしまア何んといっても、わしらの世界で一番うまいのは豆腐で、古来「豆腐百珍」といって百通りの料理がある。昆布を敷いて湯豆腐を生醤油でたべるのもうまいが、醤油の中へねぎを切り込んだりするのはいけないことじゃ。ねぎは淫心を誘発するので、むかしから嫌われている。にらもいけない。生いもの類もいけない。豆腐の一番うまいのは生のままへ醤油をかけて食べるのじゃが、豆腐が出来るのを待っていて、水へ入れずにすぐに皿にとり、温かいうちにすぐたべるのじゃ。水へ入れ、おまけに金物で四角に切って食べるんじゃア、まるで豆腐の味が変っている。わしは金物で豆腐を切るのは絶対に禁じている。あれは木のしゃもじのようなもので切らなくてはいけない。水へ入れておくのは愚の至りじゃ。

俗人の冷や飯

道重大僧正は飛行機の上から紙で拵《こしら》えた蓮華《れんげ》を撒《ま》いたりして、その頃何んだか俗っぽい坊さんだと思っていたが、あの増上寺の広い書院で二人きりになって見ると、なかなかどうして、ぐんぐんとこっちを押して来るような人であった。私が「味覚極楽」を書いているうちに、一番打ちとけ難かったのはこの人と円覚寺の古川堯道さんである。何あに打ちとけないと言ってもこっちが悪いので、通常の人ならば大抵対手の社会的なレベルというか何んというかそんなものの見当はつく。ところが坊さんとなると、偉いのか偉くないのか、偉いとしたらどの程度に偉いのか、それがちっともわからないのだから、はじめからひどくこっちが恐縮してかかるから堅苦しくなるのである。

道重さんと話していると、夏のことだから縁先の方から、大きな蟻が何匹も何匹もこっちの坐っている方へやって来る。道重さんはいっこうにそれが平気で、膝の上へ来ようが手の方へ来ようが、追おうともしない。蟻のはうまま勝手にさせている。

この蟻がまた滅法大きな蟻で、私はこ奴に手の甲や首のところなど這い廻られて堪らないのである。しかし道重さんが平気だから、一体、こ奴を追っ払ってもいいのか、それとも潰してはならんのか。私はぷつりぷつりと潰してやりたい気持で、それを我慢している苦しさったらなかった。それはもしそんなことをしたら、別に何んの害もしないのに慈悲の心のない奴じゃ、こういうものに憫《あわ》れみの情のない人間は獣も同じじゃ、こ奴仏のおめがねには叶《かな》わんなどと叱られはしないかと思ったからである。蟻に閉口した記憶は未だにまざまざとしている。それにしても坊さんなどというものは、あんなことにどうしてあんなに平気なのか。今でもそう思う。

しかしこの時にきいた、飯の味は冷飯が本物だということは間違いない。私は道重さんの話をきいて一体本当かどうかと、試して見たのが病みつきで、三十年来飯は冷やに限るとしている。寒中に冷飯へ水をかけて沢庵で、なんてところまでは行かないが、絶対熱い飯は喰わない。いや、喰えなくなってしまった。そのため朝など、女中さんが困ることもあるらしいが、少し硬目の冷飯に、その代りだしのよく利いた舌の焼けるようなうまい味噌汁、これが私の一番好物で、ずっと今日までこれをやっているのだから、道重さんも地下で微笑していられるかも知れない。冷飯にすると味噌汁の味は実によくわかる。自然味噌をあなでもないこうでもないと言うようになって、私は縁を求めて方々から送って貰っているが、昨今は主として大阪の米忠さんから貰っている。実《み》は多く何にも入れない。豆腐を賽の目に切ったり、新しい野菜をほんの生の程度ぽっちり入れたり、山菜、なめこ、じゅんさいなどいろいろやるが、だしのいい空汁に過ぎたことはない。

（昭和二九・七・五）

天ぷら名人譚

〈俳優　伊井蓉峰氏の話〉

上野松坂屋の横丁に屋台でやっていた「天新」。あれがまあ天ぷらでは名人で、震災後は神戸へ移ったが、私は旅の時に久しぶりで立ち寄った。東京にいる時分は毎日のように通ったし、おやじさんも私のためにえりだねをとっておいてくれるというような訳合だったので、非常に喜んでいろいろと揚げてくれた。

私は「何年ぶりかでお目にかかったんでべらぼうにうめえうめえ」とほめると、それまで上機嫌だったおやじが、ぷいと横を向いてかな箸で鍋のふちをチャキチャキとたたくと、それっきりだまりこくってしまった。話しかけてもろくに返事もしないし、帰りがけに挨拶をしてもぷうーっとしている。妙な奴だと思いながらその日は帰ったが、翌日また出かけて行くと、おかみが私のそばへ来て、「先生きのうは本当においしかったのですか」というのだ。「いや、何にしろ久しぶりだったのでうまかったが、改めてそんなことをきかれると、実は食べた後の舌もちが少しよくなかった」というと、おかみは突然大きな声を出して、「あなた、ほーら御覧なさい、先生はちゃんとわかっていらっしたんですよ」とおやじにいった。おやじも「そうか」とか何んとかいって笑い出したものだ。

「先生、天新ももうおしまいですよ。実はここの天ぷらはうまくねえ、あれをうめえなんて食う人には、一生懸命に揚げてやっても張合いがねえんだ。あっしは毎日揚げながらしゃくにさわって仕方がねえんですよ。大阪や神戸の人間にはわからねえのが当り前だが、東京《とうけい》の人に一つこれはうまくねえどうしたッとこういって腹を立ててもらいたくって待っていたんだ」という。段々聞いて見ると、第一天ぷらの大将というくるまえびが駄目だ。沢山とれるしナリも大きいがうまくない。油も河内国何々郡というような本場の付近でありながら、よくない。それにいわば新参で市場の方に顔が利かないから思うようなものが手にはいらない、従って満足するような天ぷらが出来ないので、おやじさんやきもきしているのだ。それに、東京《とうけい》のように品廻りが手早く行かないので、えびでも何んでも永く冷蔵庫の厄介になるからこんなざまだ、と、涙を流して腹を立てる。聞いてる私もほろりとした。名人の心意気はこれだとしみじみ感心した。えびは口へ入れてぷつりという歯ざわりがあって、後はとろけるようにならなくちゃいけない。ぬらぬらもいけないし、ごちごちもいけない。その加減はとても口ではいいあらわせない。

うなぎのめそっ子の天ぷらもいいし、バナナも食える。いわしのピンピンしたのも結構だが、天ぷらはあれだこれだの末はやはりえびに戻るようである。

日本橋田所町に「和田平《わだへい》」といううなぎやがあった。私のおやじ（筆者註、これは有名な通人北庭筑波翁のこと）がこの家で蒲焼のみやげを注文すると何びきかと半ぱが入っている。金の都合でこうなるのだが、これを見るとおやじはくわッとした。「この家には片輪のうなぎがいるのか、からだが半分でよく生きていられたもんだ。おれにゃあそんな怪物は気味が悪くて食えねえ」とその折詰をぽんと庭へ抛《ほう》り出すとそのまま金を払って帰ってしまった。考えて見ると、半分うなぎなんぞは、人の余り物といわれても仕方がないし、第一おやじではないが、小気味がわるい。一ぴきで入れるについて勘定都合が悪いなら、少なかったら新たに請求し、多かったら返したら良い話だ。頭の方が半分あった、尾の方が半分あったりしちゃ面白くない。

むかしは一人前とはいわずに目方で食わせた。中荒《ちゅうあら》といって、一ぴき百目位のを一番いいとしたものである。この節ではほとんど口に入らないが、江戸前の本物は佃島《つくだじま》から芝浦、深川へかけての隅田川口一帯のもので、数えるほどしかあがらなかった。しかもうなぎはあれでなかなか悪物食いだから、釣り上げてもかき上げても一日とは持たない。「江戸前は持ちが悪い」といって、腸がどんどん腐ってしまう。沼だの池だのからとれるのは千住へ集まって、俗にいう「千住物」または「持ち物」、これはやはりうまくない。

蒲焼の尾の方をうまがる人がある。あれはほんの先っちょだけで本当はかま（頭）の方がうまい。日頃よく動かしているところでもあり総じて魚はかまがうまいものだ。ただ油が強いので、ちょっと冷めるとすぐ硬化するから、この硬化を防ぐにはよく「蒸し」を利かせるに限る。けれども近頃は段々蒸しを閑却して来る。大阪辺の駄うなぎ屋なんかは、「御免」といって入るともう出来ているという始末でお話にはならない。

炭はびんちょう（備長炭――紀伊国産の良質の炭）、くわッとおき出した時に、充分に蒸しを利かせ、崩れそうになっているのを焼くもので、一度焼いたら、その炭はすぐ火消壺へ入れたものである。炭が真赤になってから焼いたのでは遅いし、一つでも黒いのがあってはいけない。たれの加減とこの火加減、それに蒸し加減、これで職人の腕がわかった。

先日、あるところで蒲焼を食べた。はしで横にちぎろうとしたが、皮が堅くていけない。「おい、通りがかりの客じゃないんだ、こんな蒸しの利かねえのは困るな」と言ったら、「この節は、皮の堅いのを好きなお客様が多いので」という話だった。

馬鹿なことで、うなぎは皮があって無きが如しを上とするもんだ。皮の堅いのが良いなんて客があるに至っては、もううなぎもおしまいである。

晩年の伊井蓉峰

伊井蓉峰はその頃向島《むこうじま》にいた。肱掛《ひじかけ》窓のすぐ下に茅か葦が青々と延びて、隅田の川風に静かにそよいでいる。横縞の浴衣でべったりと腰を落として話していた。

その時は私はなんにも知らなかったが、後ちに例の猛さんこと一代の通人後藤猛太郎伯爵の話をきくために俗称法螺丸こと杉山茂丸翁を訪ねた時に「あれはおめえ、猛さんから妾の清香と一緒に伊井の奴貰ったんだよ、だから清香園というんだ」ときいた。古い話で私の記憶に間違いがあるかも知れないが、そう覚えている。うんと金をかけて、しかもそれを然《さ》り気《げ》なく隠している庭のこしらえ、実にいいものだった。愛人清香すでに亡く、伊井はやもめぐらしである。この日はどういう日だったのか、私が話している間に実に沢山の人が来る。職人風だの、芝居者風だの、若い娘だの、婆さんだの。これが一人一人、開けひろげてある座敷の前の廊下の板の間へぺったり坐って額をすりつけるようにして挨拶して行く。はじめは客である私へ挨拶をしているのかと間違ったが、主人の伊井へ実に鄭重にやっているのである。

伊井は、こっくりうなずくだけで、対手が何んといっても答えるでなく、この「味覚極楽」の話から、父の北庭筑波《きたにわつくば》の話に移って行く。芝居の方ではずいぶんむずかしい我儘《わがまま》な男だったというが、この時の伊井はどうしてどうしてそんなもんじゃあない。江戸前のきりッとした垢のぬけた実にいい人物であった。

後ちに浅草で私の愚作『さんど笠』を芝居にするというので、その劇団にいる栗島狭《さ》衣《ごろも》さんと二人で当時大森の子母澤というところに住む茅屋へやって来た。狭衣さんと、

どういう関係か知らないが、

「ね、子母澤さん、先生はね、もう十五年も前の下駄を未だにはいているんですよ。ちっともへらないんです。わたしは役者はこんなことではいかんと思うが、どんなものでしょう」

という。ちょっと意味が呑み込めなかったが、

「先生はちょっとその辺へ行くにも人力だ、自動車だという訳でしてね。刻々と世の中の変って行くことは御存知ないんですよ」

と言われて、ははーんそうかとはじめてわかった。

「そんなことをいったって、みんな、こっちの言う通りにさせちゃあくれねえよ」

伊井はこういって苦笑した。後で伊井が不浄へ入った。

「そんな訳だから、どの芝居も実に惨めなはずれですよ」

狭衣さんは低い声でささやくようにそう言った。

それよりも、ああいう気持のいい向島の屋敷から出て来た伊井が、当時四十二円の借家である私の家の小さな不浄がどんなに気持ち悪かったかと、今でもそう思っている。それが昭和何年だったか忘れたが、すでに伊井ももうひどく落目であった。狭衣さんに目くばせして恐縮しながら私へ出した原作料が三十円。いかに諸式の安い頃でもずいぶんひどいものだが、私は一旦黙ってこれを受取ってから、帰り際に狭衣さんへ、そのま

ま手渡した。

「伊井さんの煙草代だよ」

といったら、狭衣さんは、ふと目を伏せて、

「有難う。すまないねえ」

といって帰った。

狭衣さんというのは角力《すもう》通であり、作者であり、役者であり、今の人は知るまいが往年の松竹映画の大スター水木流の踊り手栗島すみ子のおとうさんである。

（昭和二九・八・六）

砲煙裡の食事

〈子爵　小笠原長生《ながなり》氏の話〉

日清戦争の黄海の戦いで敵艦を発見したのが午前十時、いよいよ撃ち合いとなったのは午後一時。ちょうど正午までが私の当直で、昼飯を食いに下りた時にはもう敵味方舷々相摩すというせっぱ詰まった際であった。お恥かしい話だが、この時の飯というものは、実は米をくっているのか砂を嚙んでいるのかわからなかった。殊に食堂が直ちに治療室に準備をして、繃帯やらヨードホルムやらで一ぱいな中で、私はそれでも二杯食った。第一こくりと咽喉は通らないし、口の中にもそもそと残って困ったものである。

日露戦争の日本海では、三笠にいらせられた東伏見宮依仁《よりひと》親王殿下は、岩のような軍隊のビスケットを少しばかりおかじりになり、ミルクを召し上った。東郷元帥は大混乱の中で甲板へ炭酸水を運ばせて悠々と飲んだ。日頃の元帥はあれで割合に油こい物が好きである。しかもどちらかといえば薩摩隼人《はやと》らしい荒っぽい物が気に入って、豚の大きな肉のぶつ切りだとか荒毛の残っている猪のスキ身にしたものだとかを好まれる。シナ料理も好きなようである。いつも黙々として好き嫌いはいわれんけれども、副官を勤めた者だけ約三十名でやっている雲竜会で元帥においでを願う時などはシナ料理でやることにしている。

未だに若いものも及ばぬ健啖《けんたん》だが、さすがの元帥も今上陛下が東宮におわしまして冬沼津御用邸にいらせられる頃、御学問所の総裁として同じく沼津に供奉し、三島館に滞在しては御用邸へ詰めていたが、この時の三島館の膳部には元帥も時々悲鳴をあげた。一体が、膳についているものはその人の親切だからといって一つも残さず食べられる方針なので、どうも三島館では十品位ずつ出した上に尺余の鯛などのべつにいろいろ調理して、しかも誠心をこめて出すので元帥はしきりに箸を運ぶが、途中で閉口しては「たんと出すんで食い切れん」といって頭をかかれた。それでも一緒に食べている私などよりはぐっと能率はあがっていられる。

むかし私の家の何代目かの人間が京都へ使いに行って、宮中で御膳が出た。小笠原流の一家の者だ、どんな風にして飯を食うだろうと、更でだにこんなことにはやかましい公卿さんたちは、唐紙障子のかげにかくれてすき見をしている。小笠原は直ちにこれに気がついたので、まずいきなりお汁もお平のおわんもふたをとると飯の上へざぶりと汁をかけ、その上へお平をまた打ちかけ、また香の物を打ちかけてさくりさくりと食い出した。公卿たちは肝をつぶした。なあんだ小笠原一家の者だなどといって、あれでは田夫野人にも劣るというので、頻りに冷笑したが、いよいよ膳部を下げて箸を洗うことになってはじめてびっくりした。そんな荒っぽい食い方をしているにも拘らず、箸の先が二分《ぶ》とはよごれていなかった。小笠原流などといってむやみに形式ばかり論ずるがそんなものじゃないということを示した訳である。私なども小さい時に最中《もなか》と飯だけしかなかったり、せんべいと汁だけしかなかったりというへんてこな膳へ坐らせられて、父からやかましいことをいわれたものである。最中をおかずにしての飯は割合にうまく食える。

日清戦争の頃は西瓜の皮の酢の物をよく食った。これは士官のところへ送って来た中身を食った後の廃物利用、紅しょうが、つくだに、大根おろし、そんなものばかりで戦争をやった。

一体、私自身は六つまで下総《しもうさ》の将門郷で半医半農をやっている郷士の家へ預けられて育ったので、未だに豆腐だとか塩のからい鮭だとか、肉ではあい鴨だとかが好きである。新橋の「花月」のおやじさんは私の藩の者で、下総から出て来た時に祖父につれられてここへ行った。いろいろな料理が出ても私はどれもこれも食わない、そして塩鮭でなくちゃいやだと駄々をこねるので祖父が大変恥をかいたと晩年まで笑った。

あい鴨は醤油も砂糖もすべてほんのぽっちりにして、それへ酒を落とし薄いつゆにして、そこへ鴨だけを入れてよく煮てから一晩ぐらいそのままにして、つめたくなったところで食べると結構だ。熱い鍋は本当の味が出ないものである。

塩鮭を深い鍋一ぱいの熱湯へ切り身だけを入れ、ぐらぐらゆでながら箸でつついて食べる。外の物を入れてはいけないし湯がぬるくてもいけない。腹のところと皮が殊に珍味である。熱い湯づけ飯へこの塩鮭を細かくしてのせて食うのもうまいものだ。やっこ豆腐、湯どうふへ生醬油（生醬油でなくてはいけない）をかけて食べるのも、道重大僧正のお話の通り無上の珍味。ただ私は道重さんと違って水へ充分にひたしてから、湯どうふにするなりやっこにするなりの方が好きである。

小笠原中将・山本・八代両大将

あの頃、小笠原長生《ながなり》さんの千駄ケ谷の屋敷には三日にあげず邪魔していた。東郷元帥が竹の子掘りに来られたり何にかする広いところで、私はわが家の如く無作法に振舞っていた。

話題の広い長生氏は、次から次と来客で忙しいのに、私のきくことには何んでも微に入り細にわたって説いてくれる。大名の話、殊にお父さんの長行《ながみち》という幕末の老中だった人の一代については面白い話が尽きなかった。仮りに私が幕末のこういう話についていくらかでも知っているとすれば、それは悉く小笠原さんから仕入れたものだといってもいい。

そんなことをしているうちに私はだんだん長行通《つう》になって、時には小笠原さんが「あの時おやじはどうしていたのか」などと、あべこべに私へきいて大笑いになったりした。昔武家屋敷のことや家来たちの話や、それに関連したいろいろな小説になるような話。昔の馬の話、刀剣、武具の話、書の話。そんなこんなが私の腹の中にたまって、後ちに私が当時の「都新聞」へ三年連載した『突っかけ侍』という小説は、この長行を背骨《はいこつ》にしたものである。

食い物の話も始終出たが、鴨汁を冷やして飲む話はきいていて、これあうまそうだなあと思い、私も早速それをやって見た。うまかった。塩鮭の腹のところを熱湯に入れぐらぐら煮ながら食べるのもなかなかうまかった。

ある時、私は「八代《やしろ》大将に一度お目にかかりたい」と言った。八代というのは、日露戦争で日本海へ出撃した月明の夜に甲板で悠々と尺八の秘曲を吹奏していたといういわゆる当時名代になっていた風流提督。後ちに海軍大臣などもやった。この人が大の新聞記者嫌いで、当時はよくこんな人があった。山本権兵衛も同様で、余談だが、私が権兵衛に逢いに行ったら、逢わんという。

どうしても逢いたいと頑張ると、当人、肩を怒らしてのっしのっしと玄関へ出て来た。

「用は何んじゃ」

こっちは口から出任せに、

「時局多端の折柄、国民は閣下の御座右を知りたがっている」

「そうか、権兵衛は元気だと伝えろ」

それっきりで、またのっしのっしとふり向きもせず奥へ入って行った。私として珍しく上出来なことを言ったものだが、確か権兵衛内閣が出来るとか出来んとか言っている頃のことだと思う。私の知ってる昔の人では、権兵衛はまず第一等の記者嫌いだった。民主主義も何にもない時代の話。

八代大将も同様だったが、私は小笠原さんから電話をかけておいて貰ったので、行ったらすぐ逢ってくれた。私と小笠原さんとの約束でもあり、また小笠原さんと八代大将との約束でもあって、一切記事にはしないということで逢ったのだ。

逢って見たら大将上乗の機嫌で、

「小笠原が新聞記者を紹介してよこしたのはお前が一人だ」

といって、実にどうも面白い話をする。

ちょうど夏枯れで記事は少い時なり、こ奴ぁいけると思うが、ノートをとるという訳には行かない。仕方ないから一生懸命できいておいて、さて社へ帰ると、大急ぎでこれを三回つづきの読物に書いた。約束は違う。が、別にこれを書いても八代大将に迷惑のかかるような話ではなし、その辺はよく吟味して思い切って書いた。

次の日、図々しくもまた小笠原さんのところへやって行くと、この記事の違約について

何んとも言わない。冷や冷やしたがこっちも黙っていると、それから二日ばかりして電話で、

「おい、八代さんが大変ほめていたよ。君はちっともノートをとらなかったそうだな」

という。

「はあ」

とか何んとか恐縮していたが、後年小笠原さんの著された『俠将八代六郎』の中にもこのことがあって、八代は人物を見る眼があるというので、私のことを将来大物になるだろうと言っていたとあるが、これは大間違い。小笠原さんも八代大将も大変な誤算であった。人を見ることは戦争をするよりもむずかしいもののようだ。何んだかちょいと手前味噌のような話で恐縮ですが――。

小笠原さんの話に出て来る奴豆腐へ生醬油をかけて食べること、これは確かにうまい。薬味も何んにも入れずにやる。入れては駄目だ。私は根岸の「笹の雪」へよく行くが、必ずあの豆腐を一折貰ってかえる。これは「笹の雪」で拵えた豆腐料理も結構だが、あれを貰って来て生醬油をたらたらと落としがけにして食べる方が一層うまいからである。昔は知らない。この頃は「笹の雪」でも焼鳥を食べさせたり、何にか鳥肉の入った豆腐など出すが、あれはどうも感心しない。私はあすこでは、何んというか、あの小さな茶

碗でいきなり二つ出して来る薄いあんかけ、あれがやっぱり一番だと思う。

(昭和二九・九・九)

「貝ふろ」の風情

〈民政党総務　榊田清兵衛氏の話〉

雑誌「食道楽」に関係している軟文学者の斎藤鹿山という人、秋田の産で今謡曲やら能狂言の師匠をして地方を廻っている筈であるが、二十幾年か前に鹿山があれをやっている時、私は毎日のように連れだっては食べて歩いた。

日本橋小網町の親父橋の際に「正直屋」という縄のれんがあって、ここのかにとしゃこは当時鹿山もひどく気に入った。神田須田町の「いく栄」はその時分、鯉こく、はまなべ、どじょう汁、くじらがうまくって二度も三度も行ったもので、この間も思い出して行ってみたら大分様子が変ったが、こくだけはやはりうまかった。江戸生粋《きっすい》の料理でつづいた「八百善」がこの節ハモなどを出したりする位で、いわゆるむかしからのうまい物屋も段々なくなってしまう。

江戸の料理というものは今ではなかなか味わえない。いろんなことはいっても上方料理の影響が利いて、第一魚の切り方からが変っている。それにシナ料理風が流れ込んだり、西洋風がはいったりして、つまり自然のものその物の味を出して、すべて淡泊にやって行くという江戸料理よりは、調味料をうまく使って食わせるというやり方が多くなっている。むかしは江戸料理のコツは茶漬け飯にあった。茶漬け飯をうまく食わせる板場は滅多にかったものである。私は近頃スッポンの雑炊というのをよく食べるが、これはうまい。各地にいろいろな雑炊というものがあってそれぞれうまいものだが、まずスッポンを以て第一とせねばなるまい。白木屋の横丁にあった「川鉄」というのれん屋の山かけはうまくって評判だったたし、十二、三年前までは、よくどこそこの何んというように、その家の自慢の一品料理が出来たものであるが、この頃はこれもなくなった。むかしながらの名前にだまされてはいって見ると大ていは代がわりになっていて、多く看板にいつわりがある。生粋料理も震災でまずきれいに一と掃きされたかたちで、これからまた二十年も年代を経たらぽつぽつ後世に残るような家が出来るだろう。

秋田の八郎潟のふな料理はうまい。あら煮もいいし薄味噌汁もいいが、さしみ、あらいが第一である。鯉のように少ししつこいというような感じのところがなく、すべてあっさりとした風味がある。琵琶湖の源五郎ぶなもいいが、八郎潟の方がいいように思う。鯉は川物は値が高いが、養殖とはまるきり味が違っている。鯉の中で一番うまいのはうろこ、そのうろこが養殖鯉だと、ねたねたしていてとても食えない。うろこは別段その物に味があるわけではないようだが、さくさくと、こう、歯ざわりに感じて来るうま味は、外のものにはちょっとない。うなぎも養殖ものは臭くていけない。よく蒸しを利かせてあると、あたたかいうちに食わされる時には、ちょっと本物とだまされるような人もあるようだが、少しさめたとなるともういけない。本物と養殖で天地雲泥の差があり、臭くて臭くて、どうにも食べられなくなる。

秋田の「はたはた」は馴れない人は少しにおいがあるというが、あんなうまい魚はめずらしいと思う。獲りたてを白焼にして醬油をつけて食べるといくらでも食える。産地では百尾位は平気で食べる人がある。田楽にしてもいいし、醬油のおつゆにしてもいい、肉のばらばらとした淡泊な小魚である。先頃、懇意な食通寺島伯（誠一郎氏）が、秋田の「貝ふろ」を幾度取寄せても壊れるから一つ取ってくれないかとのことだったので、五つ六つ取寄せた。素焼の小さな一種のこんろのようなものだが、面白いおもむきのある恰好だ。これへ直径八、九寸もある大きな帆立貝の殻をかけて鍋にする。秋田ではこれを貝焼《かやき》をするといって、これは何にをして食べてもうまいものである。貝焼はやはり貝ふろにかけるのが一番いい、七輪などはいけない。貝一つで一人鍋になるわけで、肉を煮てもよし魚でもいい、スキ焼、汁、何んでもいい。朝鮮の石鍋のように貝はなかなか丈夫である。これへはらら子つまり鮭の生筋子を入れ、醬油でもよし味噌でもよし、味をつけて、あまりその子が固くならない程度に煮て、ぽつりぽつりと食べる。うまいものだ。

北国の味

榊田清兵衛老は、痩せたどちらかと言えば小柄な人で、べったりと尻を落として坐る。細い兵子帯《へこおび》をいつも前へ結んでいた。政党を切って廻すような智慧者《ちえしゃ》で、表立った役などにはつかないが、実際には天下の権を握っているような時代もあった。秋田弁だし多分演説はうまくなかったろうが、私は一度もきいたことはない。座談もそんなにうまいとは思わなかったが、私などは頭から子供扱いにして、お前さんはねえとか何んとかいった。

こういう政党の智慧袋的な人は、その頃の安達謙蔵にしても岡崎邦輔《くにすけ》にしても、私は何んとなく暗い翳《かげ》というようなものを感じたが、榊田老だけはあの秋田弁のせいか少しもそんな翳を感ぜず、何んだか安心してよく話をききに行った。

老人も、

「お前さん何処だ」

「北海道です」

「おう、そうか、あっちの人間はいいな」

といったことがある。自分と同類項な国訛《なま》りが気に入ったのだろう。

この記事を書いた時も、話に出ているあの秋田特有の「貝ふろ」に帆立貝をかけて、鮭

の生筋子を入れて煮て、私に食べさせながら、

「どうだどうだ」

と何度もきいた。もとよりうまい。私は石狩川の鮭の本場に近い生れだから、この筋子は子供の頃からいろいろな食べ方をさせられている。

この帆立焼もあっちにある。自然味に多少の記憶はあったが、普通の七輪でやっていたためか、この「貝ふろ」のは実にうまく感じた。とうとう老人に無心をいって、このふろと帆立貝を貰って来て、自分の家で何度もやって見たが、その辺の魚屋で買ってくる筋子ではやっぱりいけない。老人のは秋田から直送させたものだったのだろう。

生筋子の生煮えを一つ一つ拾いながら食べる旨味は何んといっていいか、例えようもないが、私の田舎ではあの筋子の味噌汁をよくやる。豆腐と筋子を入れるがうまい。これもあまりよく煮てしまっては駄目だ。生煮えが必要だ。今日もなお時々やるが、何んといっても筋子が元だから、これのいいのが手に入らない以上、とても上等という訳には行かない。

筋子を醤油に半日位漬けておいて、熱い飯へかけて食べるのもうまいので、老人へそれをいったら、

「東京もンは生臭いといって食わない。お前さん話せるよ」

といって、その次に行ったらこれを馳走してくれた。帆立焼の馳走に至っては五、六回

もあったろう。

「はたはた」の話もよく出た。私は今では秋田だの、青森の鰺《あじ》ケ沢だの、北海道からよく送って貰うが、北海道からのはぬかにくるまって来るのでうまくなく、秋田もいいが、どうも鰺ケ沢のが一番うまいような気がしている。醤油のおつゆにして食べる。三十位は平気である。あまり数がないから、これ位でやめるが、いくらでも生きのいいのがあるというなら私でも五十位はやれるだろう。北海道では何にによらず、魚を入れたつゆをよく食べるが、自然こうした汁のために特別に平べったいどんぶりのような皿、俗にさんぺ皿というものがあって、これへそのつゆを盛って食べ、はたはたの尾は、その皿のふちへずうーっとこう並べてつけておく。その数の多いのを自慢したことを覚えている。

「かじか」の味噌汁というのがある。まず「こち」の大きいのと思えばよく、これをぶつ切りにして汁へ入れ、熱くて舌の焼けるようなのをふうふう言いながら食べる。が、これは大きな椀でやる。これもうまいものである。

八郎潟の鯉も確かにうまいが、出雲の松江辺のと比べてどんなものだろうか。私はどっちへも軍配を上げかねる。松江のあの大きな鯉の糸づくりという、肉をうどんのように細長く切ってそれをうまく味つけした子にまぶして、ちいっとわさび醤油をつけて食べる。うまいものである。老人の話にある神田「いく栄」の鯉こくは確かにうまかった。

が、私に言わせると、あれよりもっとうまかったのは、上州妙義山の「東雲館」という宿でたべた鯉こくである。

それが信州の養殖鯉で、うまかろう筈はないのだが、三日、妙義から湧き出て来る水のたまりに飼っておくと、味ががらりと変ってしまうということだった。一尾の鯉こくを食べるために、まず三尾を料理し、肉は一尾分、腹の臓物だの腹だのは三尾分一緒に入れて煮るのだという。贅沢だが確かにそれだけの値打はあった。

若い頃は、仕事を抱えて、月に一度位は必ずこの東雲館へ出かけて行った。仕事はせずじまいで帰って来たこともあったが、鯉こくだけは、一日二度ずつは必ず食べて来た。

鯉の麦酒だき

〈伯爵　柳沢保恵《やすとし》氏の話〉

まだ大島義脩《よしのぶ》さんが院長をしているころの話で、亡くなった穂積陳重《のぶしげ》男や、私や四、五名が、女子学習院によばれて生徒のこしらえた西洋料理を食わされたことがある。いやそれがどうも大変なもので、食うものはどんどん出るが、お茶一ぱい水一つ出ないばかりか、食事の持って来方が無茶苦茶なんだ。私はそういってやった。「洋食なんてものはこしらえることばかり覚えたって何んにもなりはしない、食べる者への食べさせ方を知らなくちゃ駄目だ」って。生ぬるいスープなんてものはあるべきもんじゃない。「第一このスープは熱いのか冷たいのか」って料理の先生へいったら、困っていた。女子学習院ばかりでない、この頃の女学校で料理を教える先生だの、ラジオで放送する先生だのって、ものの教え方がまるでなっていない。ただ「煮る」ったって、どんな温度で、どんな調子にどんな容器で煮るのか、それによって味がまるきり変るものである。無茶なことを聞かされて、無茶な料理かなんかこしらえて食わされては家庭としても無駄な話である。

日本の洋食というものは、多くは英米の宴会料理の真似である。しかもその英米は料理法としては一番まずいし幼稚でもある。味は割合に淡泊だが、それは味のつけ方を知らぬのから来る結果で、その代りソースが非常に発達している。ドイツでもフランスでも、ソースはその都度こしらえているが、英米はちゃんと瓶詰に出来て売っている。日本へ来てるのも舶来はみんなこれだ。

私は明治二十八年からことし（昭和二年）までに八回外国へ出かけて見たが、英米の料理にはほとんど進歩を認められない。三十幾年前も今日も同じであるといってよろしい。そこへ行くとフランスは行く度に驚くが、五十戸か百戸位の片田舎でもどんな家庭でも、料理は実に進歩している。味がうまいばかりでなく、材料の無駄というものは出かさぬのである。日本の魚河岸や大根河岸へ行って、まだ充分に食べ得るものを、どんどん捨ててあるのを見てフランス人などは驚いているのだ。ドイツもなかなか上手だが、少し田舎へはいると都会地に比べてがたりと落ちる。料理の標準が行き届いていないのである。しかし犢《こうし》だけはドイツのいたるところ、どこへ行ってもうまく料理している。

パリーで、かたつむりを油でいためたものを食った。値段は相当に高いがうまくない。日本へも缶詰になって来ているが、あっちで食うよりは一層うまくない。ドイツではよく鯉料理を食わせるが、まず中以下の料理屋でなくてはない。ちょっとしたバーなどに鯉をビールで、日本の「あめだき」のようによく煮た物を食わせるところがあるが、これは大へんうまいものである。

蛙は日本ではもったいをつけて食わせるが、フランスへ行くと下等料理屋でなくてはないものである。しかも日本では一疋五、六円とるなんて馬鹿にした話で、あんなものを養殖奨励する必要などはないと思っている。ドイツ鯉なども味という点からいったら問題にはならないものだ。

冬、まむし蛇のつけ焼を京橋際の「安全食堂」で食ったことがある。一ぴきが六人前位で四円八十銭もとられたが、一人前はわずか一寸四方位のものが二た切れ、二た皿食べては鼻血が出るなんてもったいぶっていたが、蛇食いの常連に聞いてみると、二た皿でも三皿でも、一ぴきくったってなんともないという話であった。うまいものではなかった。からすからすの肉へくしを通してろうそく焼きにしたものも食ったが、これもまずい。からすは一体くさいもので、この時には何にか入れてあると見え、くさみはなかったが、蛇と違って目の前で料理をするのではないから、私の食わされたのが果してからすであるかどうか、それはわからないのである。

私は家庭では午前八時と午後六時半との二食でやっているが、あまり米は食わない。実をいうと、米の味というものは私にはよくわからないし、妙な話だが、釜の中でこげた飯が好きなので、三等米でわざわざこの「こげ」をこしらえさせて食っている。釜の底へついたこげをむすびにして食うのである。従って女中たちが一等米で私が三等米という珍現象を呈している。

寺島伯爵にいわせると、東京で一番うまい洋食屋は渋谷道玄坂上のフランス料理「二葉亭」だというが、いかにもこれはうまい。よく研究もしているが、ただ気候と料理、つまり寒い暑いと、舌との関係を無視しているようなところがある。下町では京橋八官町の「エーワン」というのがうまい。これは時候と食欲の関係についてはよく注意していると思った。

私はもと栄養研究所にいた村井政善君を中心にして「司《つかさ》倶楽部《クラブ》」というのをやって、月一回いろいろな料理をこしらえてもらって食べている、一回三円以内で、安い材料でどうしたらうまく食えるかということを研究している。この会ももう八十二回になった。たこ、いか、このしろ、さば、いわしなどを立派な料理にするようにもなったし、塩さんまの塩をぬいてうまい魚でんをこしらえて食ったりもした。

キザはごめん

その頃の貴族院の有力者だったから何にかにつけて逢う機会は多かったが、この話をきいた時は、芝、田町の屋敷で白足袋がけに鼻眼鏡といういでたちで話した。明るい硝子張りの部屋だったような記憶がある。品川の辺りからよく見えたあの二階のサンルームだったかも知れない。大和郡山十五万石の殿様で維新前は松平を名乗っていた家だけに、何んだか自然にこう殿様がかったところのある風格で、それでいて少し理屈っぽかった。しきりに自分の肝煎《きもい》りをしている司会《つかさかい》というものの話をくり返して、この司式料理を喰わないものは当時はやっていた言葉の非国民のようなことをいうので、その後しばらくして私は貧しい財布を叩《はた》いて、柳沢家の地所内にあった村井政善氏の「つかさ」という料理屋へ行って見た。

第一に吸物がちっともうまくない。先方に言わせるとこれが本当の吸物で、こっちがわからなかったのかも知れない。それよりも度肝をぬかれたのは、おさしみである。大きな皿に生花の古流でよくお正月などに使うほどの松の太い枝をのせて、その根方に大粒の砂利を敷き、そのよろしきところにまぐろの刺身を点々と並べ、一隅には昆布を敷いてその上にも鯛か平目か何んかの刺身があるという趣向。実にぎょっとした。肝が縮んだせいかこれもうまくなかった。

こっちは柳沢さんの大いに説くところのいわし料理だの、小鯵だのたたきだのという下世話なものを食べさせて貰うつもりだったのが大いに当てがはずれ、しかも思ったより高い金を払わされてほうほうの態で退却した。あれは村井氏の本意かどうか、どうもやっぱり柳沢さんの息が強くかかっている大名好みだと思う。

小笠原壱岐守長行《ながみち》(長生翁の父君)という大名は、いわしだの、鯖だのが大好物で、ある屋敷で招待して、わざわざ本場から取寄せた鯛の見事な料理を出したら、「これは大名の食うものだ。御馳走するならもっとうまいものを食わせよ」といって箸をつけなかったという話がある。御老中にもこんなのがいたが、柳沢さんはこれに比べると味覚の方は本来あくが少し強かったかも知れない。

ところが驚きました。この大名好みが今日もなお東京にある。あるところで、さしみを註文した。こっちはたった二人というのに、直径一尺七、八寸もあろうかという大皿（図は忘れました）の真ん中に大きな椿が置いてある。花が一輪ついている。これを中心に程よくさしみを配置する。渦巻の如きあり、そぎ身の如きあり。これがたった二人前だから、何んのことはない皿を喰わされているようなものであった。物事万端程にこそあれ。それっきり驚いてそこへ二度とは行かない。

話に出て来るむかしの道玄坂の二葉亭、ずば抜けてスープはうまかったが、どうにも「おれのところはうまい物やである」という気取りが鼻についていけなかった。話しているとすぐに何々伯爵が出、何々子爵が出た。八官町のＡワンも、スープと、何曜日かに行くと大きな牛肉の焼いた奴を乳母車位の台へのせ、銀の蓋をして、テーブルの間をこの車を押し歩き、好きなだけその場で切ってこっちの皿へのせてくれた。あれはうまかったが、それもこれも昔の夢。今はＡワンそうは行かない。とっくに文芸春秋新社に替ってしまった。

柳沢さんから蛇を喰った話をきくだいぶ前だったと思う。下谷の御徒町《おかちまち》に蛇取りの名人で金さんという人がいた。私は蛇をとる話をきくために訪ねて行った。実に面白い話で、これを新聞へ連載したら、故人の杉村楚人冠《すぎむらそじんかん》先生がわざわざ手紙でひどく褒めて下さった。その後文通はたびたびあったが、遂に一度もお目にかからずにしまった。

この時、金さんがまむし蛇のテリ焼をこしらえて食いなさいという。皿へ二た切れ。その料理をする順序をたった今見ていただけに、喰べるどころの騒ぎじゃあない。第一臭いの何んのって、よくこんなものを喰べる人があるものだ、さてさて人間は恐ろしいとその時しみじみ思った位。だから味は知りません。

少々余談にわたるが、東京の喰べ物やは、どうしてこんなに気障《きざ》になったのでしょう。たべ物をうまく喰べさせるというよりは下手に気取ってばかりいる。第一、天ぷらがそうだ、寿司がそうだ。天ぷらだの、握り寿司だのというものは、どっちかというと下手《げて》味《み》なものだ。それがまたうまい。下手味の中に、下手味をそのまま生かして、それでいてすっきりと洗練したさッと来る感じ。これが、小笠原壱岐守じゃあないが「大名の食うものでないうまい物」になるのである。

この間、通人の間に評判なある鮨屋へ行った。大檜の付け盤にびっくりすると共に少しがっかりした。味がいわゆる上品だった。洗練されすぎた感じで、下手味がない。これを無くすると、握り鮨ではなく、鮨の形をかりた外のお料理になってしまうのだ。鮨、天ぷら、あくまでも下手味を失うべからず。

珍味伊府麵

〈男爵夫人　大倉久美子さんの話〉

ちかごろまで、縄のれんだったのですけれども、四谷「丸梅」の料理、これはおいしいと思います。つけ味をなるべく避けて、あっさりとした風味を出して行く手際は上手なものです。東京でも大きな料理屋は、とかくつくり過ぎる嫌いのところが多くていけませんし、関西へ行っては大体につけ味があまりくど過ぎて、私にはどうも好きになれません。料理のうま味は、目の前ですぐに綺麗にこしらえてもらっていただくことで、あまり堅苦しい形式ばったものはいけません。お寿司などもやはり立食いのようにしていただきませんと本当の味はありませんし、遠くから取寄せたりしては、まるで味が変ってしまっています。新橋駅前の「新富寿司」あれが評判ですが、どうもわたくし立食いに行く訳にも参りませんので、早い頃使を買いにやりまして食べましたら評判ほどでありませんので、がっかりしていますと、そのうちにお客様をすることがあって、あすこの主人に宅へ来てにぎってもらったのです。そのにぎる前ですぐに食べると、本当においしい、食物というものはすべてこの行き方だなと思いました。

寿司はまぐろの「とろ」に上等の海苔をつかった「鉄火巻」、いいものだと思います。大阪寿司はお菓子のようですし、京都のもあまり感心いたしません。ただ京都の昆布巻の「さば寿司」はおいしいと思います。普通のにぎりは甘味が勝ってどうにもいけませんでした。紀州の小鯛でこしらえる「雀寿司」も結構です。富山へ参りますと「寿司」と申しますが、鱒と御飯でこしらえて押しを利かせた御飯のおかずにもなりますもの、あれは何んと申しますか大変に結構です。

丸梅の「鯛茶めし」、あれも結構です。鯛を薄く切り、更に小さくして、お酒やら味醂やらお醤油やらで少し味をつけ、熱い御飯へのせ、それへ熱いお茶をかけて少しふたをしておいてからいただくのですが、新潟で食べさせますと、何んと申しますか御飯の上へ海苔をかけわさびを入れ、お醤油を落として、それへ熱いお茶かお湯をかけて食べますあれと同じに、あっさりしていてそして舌の上にいつまでも風味の残る本当においしいものだと思います。

シナ料理の伊府麵《イイフウメン》、これはおいしいものです。はじめは伊府という人が考えたものだそうですけれども、宅におりますコックの顧春生が大そう上手で、これだけは私どもの自慢なのでございます。顧のおじいさんは袁世凱《えんせいがい》のコックをしていた人で、顧も実は上海のあるシナの富豪のところにいましたシナ有数の料理人なのですが、宅の主人がその方におよばれしてこの伊府麵があまりおいしかったので、いろいろお願いしてこちらへいただいたのです。その御主人がどうしても手離しませんので、ある商売上の取引で、これがうまく行ったら差上げるし、駄目だったら上げないという約束でその仕事をいろいろ苦心してやった上に譲ってもらったものです。シナの良い料理人はみんな富豪とか大官とかの家にいますので、ただ料理屋へ行ったのでは本当においしい料理はいただけないようです。伊府麵はちょっと洋食で申すとマカロニを更にスープへ入れて食べますようなもので、なかなか風味があります。宅の主人はほとんどシナ中の料理をたべて見て、これほどうまいものはなかったと申しています。

芳沢公使はむこうでいい料理ばかりめしあがっておられますから、東京で何にかの会をおやりの時には、いつも宅の顧をつれてお出でになって、こしらえさせていらっしゃる。いつでしたか葵町（先代喜八郎翁）の方へ張作霖《ちょうさくりん》さんから熊掌（熊のたなごころ）を送って下さいましたので、これを料理して御相伴にあずかりましたが、箸がすうーっととおるように軟かになりますけれど、本当を申しますとあまりおいしいものではありません。顧に聞いてみますとその料理がまた大変なもので、大急ぎでやっても食べるまでに一週間位かかるそうです。五日間もぬるま湯で煮上げた上に毛をひきぬき、またハムや鶏と一緒に二日位蒸しますので、それはそれは手のかかるもののようです。シナでは非常な高価なもので珍重されております。

鶏のスープで食べる「燕の巣」もおいしいではありませんか。あの巣は南洋の方の海岸の絶壁からとって来ると申しますが、どうも海藻であることだけはわかりますが、海藻の何んというものであるかは、料理人もいろいろ研究してみてもわからぬそうでございます。あれを五時間位水にひたして熱湯へ入れて、約三、四分でさっと引揚げてスープでいただくものですが、あの間にある燕の小さな羽根毛をとるのが一手間です。小さな料理屋などでは寒天でこれをこしらえてごま化すと申しますが、よく味わってみるとすぐにわかります。

「フカのひれ」もおいしいではございませんか。これは熱い湯で一時間もとろとろと煮た上に、皮をはいで、更にぬる火ぬるま湯でまる二日間も煮て、それからまた水で洗い、生薑《しょうが》と葱とお酒とでゆでてくさみを取り、鶏のスープで煮るのでありますが、これもまた大そうな手間がかかるようです。しかも同じひれと申しても、端の方はあまりうまくなく、つまり平目などの「縁側」というようなひれからそのひれの中骨へかかる辺が一番おいしいようです。鶏肉へお酒にお醬油胡麻油で一時間位味をつけ、玉ねぎと一緒に紙へ包んでサラダ油で焼く紙包鶏《チイポウチイ》も結構。四川省の奥の方からとれる竹蓀《チウソン》と鶉の玉子をあい鴨のスープでたべるチウソンアンゼンダン（竹蓀安仁蛋）もおいしいものです。あの「チウソン」というものは筍の中へ出来るもので、あれが出来るようになると、もうその竹は枯れるものだそうです。匂いはきのこのようですが、料理になってみますと植物であるか動物性のものかちょっとわからなくなります。どうもシナ料理は、少し立派な料理でお客をしようと思いますと、少くとも二週間前から取りかからなくてはなりませんので、急ぎのお客様には差上げたくても差上げることが出来ませんので困ることがあります。

宅の主人が「へびの蒲焼」を買って戻ったことがあります。「うなぎ」だなんてだましていましたが、すぐに匂いがぷうんと鼻へ来ました。あれはやはり食べるものではないような気持がしました。本当のうなぎの白焼はおいしいものです。よく蒸してから白いままで焼いて、これへ大根おろしをつけてもよし、「しょうが酢」でいただいても大層おいしい。どうせ蒲焼には及びますまいけれども、ちょっと変っているようでございます。

日本橋の「春日」で食べさせる「くじらの赤身」は舌の上でとけるようにやわらかですが、やはりちょっと臭味があります。天ぷらは浜町の「花長」、油を十年も枯らしてあるということで少しも油臭くありません。もとは柳橋の角にいたのですが、その頃からなかなか売っていました。あゆ、ぎんぽう、あなご、といろいろおいしいですけれども、やはり天ぷらは伊井(蓉峰氏)さんの話したように、手頃のえびが落ちだと思います。かみしめて甘味があり、なかなかおいしゅう御座います。

大倉さんのこと

大倉久美子夫人は、新聞記者などはおよそ嫌いで、とても逢える人ではなかったのだが、どういうものか、私は夫人の夫君喜七郎男爵の父の喜八郎老人に気に入られて、葵町の屋敷へ行っても、一番奥のごく内輪の人だけより出入りしない私室へ通されていろいろ内密な話をきいたり、時にはそこで食事を一緒にしたりするほどだったので、何んだかその方の手蔓《てづる》から、麹町《こうじまち》の屋敷で夫人と逢うことになったような記憶がある。

余談だが、その頃喜八郎老人はもう九十に近い高齢だったと思うが、その大食《たいしょく》というものは恐るべきもので、ある時ちょうど昼飯で一緒に食えというから御馳走になった。こういうことはその頃新聞社では厳禁してあるのだが、あまりぎすぎすしていては、対手のふところへ入っていざッという時にいい材料をつかむということはむずかしいので、外の料理屋へでも行こうというなら断るが、そこで一緒にその家の昼飯を食う位ならいいだろうと思って御馳走になった訳だ。出るわ出るわ、老人はそれを片ッ端から平らげる。昼飯だが酒を二合一人でのんで、最後に出た大皿へもり上げたほうれん草へ玉子ののったバタいためのようなものを、私はもう腹一ぱいで我慢にも食えなかったが、老人は綺麗に平らげた。

老人はいつも料理屋へ行く時や旅行には、何んとかいう四十幾つかの女中さんを連れて行って、この人にちゃんと一人前の料理をださせ、「これはうまいから覚えとけ、これもいい」というように、その料理の一品ずつについて、自分の好みをいって、味加減を覚えさせる。女中さんは、ただ味わっただけでわからぬ時は料理場へ行って、板前から直々にその味付けの加減や、材料の扱い方をきいて帰るのだということだった。屋敷にいる時は、外に大勢料理人もいるが、大抵はこの女中さんの手料理だったという。本当の家庭料理と、料理屋の料理とを混合して、自分の一番気に入った味で物を食べる。さすがは天下の大富豪、考えると実にうらやましいことだった訳だ。

そんなこんなで、久美子夫人と逢った時は、一と通りの話が終ってから、夫君の喜七郎男爵及び嫡男の方、夫人の令兄溝口直亮伯爵と同じ卓へ並んで、大変なシナ料理の御馳走だった。その一品一品について、夫人や夫君や溝口さんからいろいろな説明がある。遂にはそのコックの顧春生さんまで呼び寄せて説明させる。日本語がうまくて、例の伊府麵の話などは手ぶり足ぶりの熱演だったように思う。

何にかいろいろ御馳走が出たが、今はあまり記憶がない。ただ、顧さん自慢の伊府麵だけは、後にも先にも、あんなうまいのは食べたことがない。戦前虎の門の晩翠軒もこれがうまかったが、とてもとても。近頃、一、二カ所で食べて見たが、みんな干うどんのようなのばかりで、ひも川うどんのようなものさえない。顧さんの伊府麵は、あのひも川がちりちりに縮んだような恰好だったし、晩翠軒のものだって、あまり縮んではいないが、そんな風なものだった。顧さんのは全然スープの味が違っているのだ。近頃方々にある伊府麺は、ただ分量の多いのだけが昔と似ているだけである。

夫人は美しい方だ。華族の出で、しかも喜八郎老人が、自分の殿様（越後新発田《しばた》）のお姫様をいただくという不思議な名誉心もあったろうが、ケンブリッジ出の喜七郎さんにふさわしい夫人と見込をつけたもので、私は料理のお話を伺っていて時々思わず見惚れた位だった。

あの頃の美人、代議士夫人日向きむ子、博士夫人江木欣々《きんきん》、九条武子。こういう人たちと列を同じくする方であろう。勿論、互いに一長一短、どんな方にも欠点はあった。例えば九条武子夫人、絶世の美人と言われたが、からだ全体にお色気が不足だったし、自然冷たいものがある。が、あの眼の美しさ、すがすがしさ、気高さ。私の二十年に及ぶ記者生活の間にあってあれほどの眼を見たことはない。欣々女史にも日向女史にも逢ったが、年齢の関係か、私は武子夫人ほどの美しさを感じなかった。

話が横へ飛びましたが、ここへ出て来る四谷の「丸梅」。ここへは故牧逸馬《まきいつま》さんがよく行った。狭い小さな家で、牧氏夫妻は新聞社へ寄ってよく私を誘った。牧氏は当時日日新聞に籍があって、私は下ッ端記者として、その連絡に当っていた。

ある重役が、牧氏が入社の挨拶をしたら「ぶらぶらしているうちには馴れるだろう」といった。馴れるにも馴れないにも、牧氏を社員にしたのは、言わばその新聞小説を買い占めたのであって、何にも記者にするのではないのである。ふだんとげとげしていることの重役のその時の間抜けぶりは当時の話題であった。

西瓜切る可からず

〈銀座千疋屋主人　斎藤義政氏の話〉

むかしある人が茶人利休へ西瓜に砂糖をかけてすすめた、利休はじっとこれをみていたが、

「あなたは共に物を食べるに足らぬ人である」

といって、ぷいとその場をたってしまったという話がある。六百年後の今日なおあれへいろいろなものをかけて食べる人があるが、馬鹿なことだと思っている。西瓜はやはり西瓜そのものの持ち味を味わうのがよろしい。よく塩をふりかけるが、あれは十四、五年前まで西瓜のよくわからぬ時代に毒消しの意味でなめた習慣をそのままやっているもので、これも詰まらないことである。関西へ行くと料理屋でも家庭でもほとんど西瓜をそのまま出すと恥のようにして、半分に割って、それへ砂糖をかけ氷を入れ、こね廻して出したり、あるいは小さく切り、きざんでどろどろのミツなどをかけるが、いずれも愚の骨頂である。

鉄の菜っ切り庖丁で切ると味が落ちる。なるべくならば、わったままで食べるのがよいのである。奈良から鳥取へかけての西瓜は実にいい。あれは一本のつるへ三つ四つ出来るけれども総領でなくては全然駄目で、次男三男となると味が格段に落ちる。総領は大てい東京へ来るから、産地などへ行くと次男三男を食わされることが多い。値段も総領と三男では大変に違うのである。大体真赤なものはあまりよくない。桃色のふっくりとした調子がいいのである。しかし西瓜の見分け方というものは非常に面倒で、私のところなどでも七十人位の人はいるが、皮の上から鑑別のつく人はまず十人とはいない。春夏秋冬、産地をかえて順々に良いものが出て来て東京では一年中西瓜に恵まれているが、ただ東京近郊はもちろん関東だけには、どうしてもうまいものは出来ないのである。

私が常々一番驚いているのは、東京の料理屋ホテルなどで使う果物はあまり良くないものばかりで、味の点なども問題にしていない様子であることで、あんな物をお客にすすめるのは感心しないなアと思っている。そこへ行くと星ケ岡茶寮の主人は毎日自分で出かけて来て、その日のいい果物を持って行かれるが、これには私も感心している。

果物の王はまず葡萄《ぶどう》。ことに京都の山科で木村太一郎という人のこしらえるマスカット・キャナンホールなどは、私はたべ物というよりはむしろ立派な芸術品だと思っている。果物の味も、ここまで行くと見事である。メロンは大隈侯があれを食べて長生きしてるといってたことや、メロン屋さんたちがうまく宣伝したので一般にむやみに有難がっているけれども、キャナンホールなどに比べると数段落ちるものである。大体メロンは香七分に味三分、葡萄は本当の味だけでたべる。メロンはさくりと割った時にプーンといかにもいい香がして食欲をそそるが、口へ入れてそれほどでなく、葡萄は舌の上でぱちりと割れて、さっと味が走り出る。実にいいものである。木村さんのところではガラス張りの室の中で自然の温度だけでこしらえるのだが、一房十円内外の生産費がかかり、一般的とは行かないけれども、いま千坪の大きなガラス室を設計しているから、も少ししたら多少安いものが食べられると思う。この味だけは世界中どこへ行っても誇れるものである。

私は東京へ来るバナナの生産地を食べて廻ったことがある。驚いたのはどこへ行ってみても東京にあるバナナよりまずいことで、台湾も台中と台南の中間あたりのはややいいが、台北部となるとまるで話にならない。しかしこれらを東京へもって来ると相当に食べ得るようになるのは追熟《ついじゅく》の関係で、これがうまく行くと行かないとで、果物の味がひどく違うのである。バナナはもぎとってから東京の店頭へ出るまでにまず十日間、この間の追熟法に苦心がいる。室内で一度ある程度の熱を与えてから急激にまた冷凍室でぐっと冷やすのだが、その呼吸がつまり秘訣《ひけつ》で、海の上で潮風に当ってもいけないし、熱から冷えかえる時の見極めも面倒である。つまりバナナは本来があれほどうまくないものだが、人工的の追熟法によってあれだけになるということになる。バナナは果物としては水分が非常に足りないものだから、牛乳をかけて食べてもよろしい。これはみんなが酸味をのぞむ朝の果物ではなく、どちらかといえば晩餐の食べ物である。

これから出て来る梨類は、歯を美しくするのが妙だ。柿とびわとは、外国のどこへ行っても日本のようなうまいものはなく、われわれは相当に誇り得ると思う。シンガポールで有名な「ドリヤン」、その出盛りには土地の遊廓がひまになるというほど人が愛着している果物だが、これだけは日本にいては万金を積んでもなお味わうことは出来ない。シナ広東産のライチー、日本では竜眼肉と間違えてるが別のものである。あの生のものが青い葉をつけて来るようになった。皮は漢方薬に使う強壮剤だから、その意味で大いに食べてほしいし、味もなかなかよろしいものである。乾かしたものでなく生を食べなくてはいけない。青い葉のまま目方にかけたら葉をつけてはいけないといった方がある。シナから来た青い葉、これを断るようでは東京もまだまだ果物の本当の愛好者は少ないようである。

洋食の宴会などで出されるコクテール、あれは私のような酒の駄目なものにはひどく困るので、私も自分のことからいろいろ考えて、この頃「果物のコクテール」ということをやっている。まだまだ研究時代ではあるが、面白いものが出来そうである。

桃でも柿でも林檎《りんご》でも、オレンジでも、その時々のうまい果物をしぼって、その汁を適当に合わせて行くもので、何んでもいい訳である。これを家庭でやると、例えば奥様が、オレンジと林檎の汁を合わせたのが好きならば、これを「何子（奥様の名前）コクテール」というように名づけ、分量も、その人の好みによっていろいろにしておけば、今日は土曜日だから「太郎コクテール」にしようとか、日曜だから「花子コクテール」にしようとかいって、愉快な家庭の楽しみにもなると思っている。私は果物屋の主人としてではなく、一個の研究者として申すのであるが、日本の家庭はこれまであまりに果物から離れ過ぎて来た。もう少し家庭の奥深く、果物の香と味とを入れてもよろしいと思っている。

果物の王

その頃は何んだかんだといってよく斎藤さんに逢うことが多かった。夫人を迎えてこれから二人で洋行をしようという頃で、若くていつも立派な洋服を着て、伊達者でそれに親切でもあった。歴史の黒板勝美先生の肝煎りで、月に一回三十人位が銀座の千疋屋へ集まって時の珍果を食べる会があって、これはどうも斎藤さんの御馳走だったような気がする。

話に出て来るドリヤンを食べさせたり、椰子《やし》の汁をのませたり、一番上等のバナナを説明つきで食べさせてくれたり、私がはじめてパパヤを食べたのもこの会である。それから何にか「あまカラ」と同じような本も出していた。

斎藤さんの洋行は上山草人《かみやまそうじん》がまだハリウッドにいた頃で、帰って来た時に、

「草人さんが言ってましたがね、生活はとても苦しいそうですよ。日本では大スターのように宣伝されて、豪華な生活をしているように吹聴されるものだから、旅行者は必ず

寄ってくれるのはうれしいことですけれども、その接待費に閉口しますといっていました」

という。私はあの大スターの草人がそうかなあと、それがひどく意外だったように未だに覚えている。

今でも千疋屋へはちょいちょい寄るが、様子がまるで昔とは変って、斎藤さんにも絶えてお目にかからないが、この間、友人と表を通ったら、店の奥の方に斎藤さんらしいうしろ姿が見えた。何んだか、頭がうすくなったように思った。急いでいたので入って挨拶もしなかったが——。

斎藤さんの話に出た京都山科の木村太一郎さんのキャナンホール。これは全く見事なもので、一粒が小さな蜜柑位もあった。先に言った「いい果物を御馳走になる会」に木村さんも出席されていたし、黒板先生の関係から私の親分の小野賢一郎さんとも親しかったので、招かれるままに私が社用で京都へ出張した時に山科の温室へ寄って見たことがある。

実に大きな鉄骨の硝子《ガラス》張り幾棟もあって、ただただ唖然として眺めていたから、斎藤さんの言っている千坪のガラス張りが竣工していたのだったかも知れない。

木村さんは元々葡萄についての深い知識はあったのだろうが、兵隊の時に山科へ演習に行った。昼飯に飲み残りの水を足許へ捨てたら、これがたちまちすうーっと地の底へ抜けてでも行くように吸い込まれてしまった。「おやッ」と思った。というのは、普通の畑地ならそんなことはない筈なので、だんだん近所の人たちにきいて見ると、山科というところは、上層はいい土だけれども、少し掘って行くと割に大きな砂利になるところがある。何にかこう川原の石ころの上へ土が積もって出来た土地だという感じだというので、

「これは葡萄には持って来いの土地柄だ、除隊になったらすぐにここで葡萄作りをやろうと決心しましてな」

とこう木村さんがいっていたから本当だろう。

それで、やがてここで大正天皇の何によりの大好物だったというキャナンホールが誕生したのである。この温室では胡瓜などもよく出来た。一尺四、五寸位も長さのある軟かい胡瓜で、木村さんが時々送ってくれたが、味はどんな風だったか記憶がないところを見ると、あまりうまくなかったのではないかと思う。ああそうそう、これを小笠原長生さんにお裾分けしたら「あまりおいしくはありません」といっていた。

私がこの温室をたずねた時は何んでも暑い盛りだったように思う。ちょうど、見上げるような硝子張りの天井に四方八方延びひろがっている葡萄の蔓から、一棟に四、五人の人が不良葡萄をすぐり落としているところで、その室の内は落とされた青い葡萄が一面に堆《うずたか》く、全く足の踏込み場所がない。五寸や八寸は重なっていたんじゃあないだろう

か。「どうぞどうぞ」と言われたが、とうとう一歩も踏み込まずに、「もう結構です」といって入口の外から引返してしまった。

落としたあの葡萄をどうするのか、お尋ねしない筈はないのだが、思い出せない。木村さんはそれから間もなく亡くなられた。ひどく汗っかきで、応接室で話している間に真新しいハンカチを取りかえ引きかえ、十枚位も使っては傍らの籠へ落とした。一枚で一回より汗をふかなかった。近頃千疋屋へ行っても、他の果物店でも、名前だけはあるかも知れないが、実際にあんなに見事な葡萄は見かけないから、木村さんのあの事業はあるいは失敗されたのかも知れない。あまり立派すぎ、従ってあまり高過ぎたようだったから。

余談だが、斎藤さんの話にバナナは潮風に当ってはいけないということがあるが、実際だ。私はかつて小笠原島へ行った戻りに、青いバナナを枝ごと幾つか買い込んで船室へつるして来たが、そもそもが小笠原のは台湾のに比べて品質は悪いのかも知れないが、この土産は子供も食べなかった。

高松宮様が台湾へ行かれた時に「バナナの本場だから」といって召上られて「これは東京にある物よりまずいね」と仰せられたそうだが、斎藤さんの追熟法《ついじゅくほう》のむずかしい話を、今改めてよんで見て、やっぱり本当の話だと思います。

（昭和三〇・三・八）

うまい物づくし

〈伯爵　溝口直亮氏の話〉

新潟の一《ひと》しお鮭はうまい。川へのぼってもう子をうもうというちょっとした時期で、これだけは、一たいに食べ物のまずい東北から北海道へかけて自慢の出来るものだと思っている。富山のます料理、出雲《いずも》松江のきすの料理。長崎へ入っては立派なものだが、どうもシナがかって少し味つきがくどいようにも思う。東坡肉《とうばにく》という日本化した豚のかく煮があるがあれはうまい。「長崎わん」という鶏のつゆ物がある、あれは長崎料理中でも逸品だと思っている。鳥羽地方のえび、尾張三河へ来て鶏肉料理、陸軍の演習でよくあの辺の田舎を廻ったが、どこへ行っても食用鶏を別に飼ってあるのに驚いた。

紀州の小鯛は何んにしてもうまい。これでこしらえる「雀ずし」、品もいいし、味もあっさりしていていい。水戸の海岸、磯、祝町、大洗へかけての「あんこう料理」、あんこうの「とも酢」というのがある、あんこうの肝をすってこしらえた酢味噌で、別にうであげた身を食べる。上戸下戸いずれもよろこぶ。青森、秋田の「なめこ」という茸がある。この味噌汁もうまいし、大根おろしで合い煮にしたものも、けっこうである。

地方へ行ってみると、味を自然の間に発見して意外に喜ぶことがあるが、どうも東京の一流の料理屋などとなると、時節はずれの走り物や、無理な材料をもって来てただ徒《いたず》らに珍奇だということで、好奇心による食欲をそそり、むやみに高い金をとろうとしている風が見える。こんな物は食べて喜ぶ方もいけないし食べさせる方もいけない。走りの物は、たいがいはうまくないものである。京都の瓢亭《ひょうてい》の「朝がゆ」は、うまくもあるし気も利いている。玉子などの割にありふれたものを利用して、あれだけに食べさせるのは料理としても上乗なものだと思っている。

寺内さん（正毅大将）はなかなか食通であり道楽でもあった。陸軍の何にかの招待をする時などでも、酒は全部自邸に保存してあるいいものを出した。西洋料理は酒がその料理とぴたりと合わなくては食えぬものである。加藤さん（高明伯）のところでも、なかなかうまい西洋料理を食べさせた。日頃でもひどくやかましかったそうである。麻布の三井集会所にいる洋食の料理人は上手だ。本野子爵（一郎氏）がフランスにいたのをつれて来たのだそうだが、ポタージュなどは外国でいろいろ食べて見てもあれほどのものはない。

東京では、このコックの外にうまく食べさせるのは、上野の精養軒に一人、柳沢伯も話していたようだが、道玄坂上の二葉亭と、この三人である。外国でもアメリカ人はまるきり味のわからないのが多い。フランスなどへ行くと、「アメリカ人には何にを食わせてもわからないから」といって少しく侮辱している様子がある。

新発田の殿様

今、溝口さんのお話をくり返してよむとなかなかよくしゃべっていられるが、これだけの話を引出すにはずいぶん苦しんだようなおぼろな記憶がある。

根が殿様で、陸軍の将官になって、それから貴族院の政治家だ。殿様だって越後新発田《しばた》は名代な貧乏だったのだから、別に気取ることも構えることもない筈なのだが、この人は妙にこう、つーんとしているところがあるように感じられる人だった。訪ねて行けば必ず逢ってくれたし、ある程度ざっくばらんな話もする。それでいて気取っているような感じの離れなかったのは、見るからにこう貴族的なあの風貌のためで、心の内は案外いいお人だったのだと思う。

新発田五万石は御一新の時にさんざ働かされて、その上ひどい不作か何んかで、新政府へにっちもさっちも行きませんから、金札を五万両貸して下さいといったら、紙幣を、ただ紙へ印刷したもの位により思っていなかった当時で、西郷隆盛が「返さなくともよか」といったという話を、おやじ（先代直正《なおまさ》伯）からきいたといっていた。このおやじというのが宮内省の式部職に出ていたのだから、あの溝口さんの一見気取ったような構え方は溝口さんの罪ではなく、この辺から知らず識らず身に匂いついてしまったのかも知れない。

とにかく新発田は貧乏で、その上ひどく旧弊な国だった。大倉喜八郎翁はこの藩の寺子屋学者の子で、こんなところではとてもうだつが揚らないと見切りをつけて東京へ出て、はじめは八百屋などをやったりしたが、国で八百屋だった訳ではない。これを誤伝されている。私の書いた超娯楽小説に『お役者小僧』というのがあって、主人公が、友人の父が雨の中で藩の大目付へ土下座をしなかったことから閉門になり切腹したのに憤慨して江戸へ出るが、実はこれは大倉喜八郎翁をモデルにしたものだ。

余談だが、大倉翁がはじめて江戸へ出て上野の辺で「もり蕎麦」を食べた。あの蒸籠《せいろ》の上から汁をざアーッとかけて、その辺を汁だらけにしてひどくこごとを言われたという話がある。あれは当時の天下の大富豪も元はこんな始末だったという伝説で、直々翁へきいた私へ、あの有名な大きな口を開けてから笑いながら、「命がけで江戸へ出て来たものがそんな不注意なことで天下の大倉になれるか」と威張った。尤もである。しかし蒸籠の上からざざッと汁をかけて食べられないことはない。思ったほど下へはこぼれないものである。実は私は自宅ではこれをよくやる。なかなかいいものである。盛岡の「わんこ蕎麦」よりこの方が本当はうまいかも知れない。要は蕎麦を汁へ入れて食べるのを、蕎麦の上へ掛けるというだけのことである。

蕎麦を箸でつかんで、汁へお尻の方をちょっぴりつけて食べるのが通だそうだが、私はそんなことをする位なら汁をつけずに、蕎麦だけを食べる方がいい。ある時、大森の小松屋という変り者の蕎麦屋で、うで釜の側に立っていて、取上げてまだ水洗いをしないのを一つ、水洗いしたのを二つ、いずれも汁をつけずに食べておやじに拍手をされたことがある。

それはとにかく溝口さんの妹さんが大倉家の嫁御寮で、当時は、旧新発田藩は貧乏なものだから娘を大倉へ売った、大倉も根が八百屋だから莫大な金を出して旧藩主のお姫様を拝領して随喜した。浅ましい奴らだというようなことをいったものもあるが、これは嘘で、人の世の縁というものは水の流るるが如く世人毀誉《きよ》の外にあるものである。しかし大倉翁は性質として位階勲等などをひどく気にして、独逸《ドイツ》のゲーリングと同類だなどと言われた人だったから、こういう人と人との深い繋がりにまでそんな誤解を招いたのかも知れない。

余談はともかく、溝口さんの話の新潟の一しお鮭は、実際うまいものである。旧幕時代、新発田藩は九月にこの初鮭だの、十二月には麴漬鮭だの、鮭の甘子だのを献上する定めになっていた。私はろくにわかりもしないのだが、いろいろな人に無理をいって、例年この新潟の一しお鮭と、北海道の石狩川の新《あら》まき鮭とを取寄せ、天下最上の味だと吹聴して、自分の池ででもとれたように得意になっている。去年の十二月は横綱の吉葉山が、自分のからだのようにでっかい奴を一つ持って来てくれて、これがまた近年になくうまかった。鮭漁をやっていた妻女のおやじさんが、わざわざわれわれの郷里の厚田村から五里離れた石狩川の川口まで出かけて行って、ここに何日も滞在して一本一本選抜きに買うのだから、これはうまいのが当然である。

（昭和三〇・四・八）

日本一塩煎餅

〈鉄道省事務官　石川毅氏の話〉

塩せんべいの食いまわりをはじめてから、もうかれこれ三十年にもなった。九州から北海道とせんべい一枚食うためにずいぶん苦労もしてみたが、結局、これは江戸を中心の関東の物となるようである。京大阪から関西へかけては、見てくれの綺麗なものもあるけれども、要するに子供だまし、第一あの薄黄色いようなあの辺で使う醬油の匂いが承知しない。前歯でガリリッとかんで、舌の上へ運ぶまでに、めためたになってしまうようでは駄目なのである。舌の上でぴりっと醬油の味がして、焼いたこうばしさがそれに加わって、しばらくしているうちに、その醬油がだんだんにあまくなる。そして噛んでいる間にすべてがとけて、舌の上にはただ甘味だけが残るようでなくてはいけない。

この塩せんべい、日本国中、埼玉県草加《そうか》の町が第一。噛んでずいぶん堅い、醬油も口へ入った時はぴりッとする位だが、そのうまみは、ちょっと説明が出来ない。舌の上へざらざらが残るの、噛んでいるうちにめためたになるのということは、決してないのである。近くの粕壁《かすかべ》もいい。これは流山《ながれやま》あたりの醬油のいい関係も一つだと思っている。草加あたりになると父祖代々せんべいを焼いている家がある。それだから自然町へ伝わった一種の焼き方のコツというようなものがあると見えて、むやみに焼けて焦げになっていたり、丸くあぶくのようにふくれ上ったりはしていない。

東京の塩せんべいにはろくなものはない。食べた後でみんなざらざらと舌へのこったり、歯の間へ残ったりする。芝の神明前に「草加せんべい」という看板が出た。草加の人が焼いているとのことだったが、やはり駄目である。むしろの上で干したせんべいは、焼いてもその香がついていていけない。やはり竹あみの上へ一枚一枚吟味したのでなくてはいけない。五反田駅の「吾妻」というせんべい屋は、まず東京では僅かに気を吐いている位のものだ。

塩せんべいで酒を飲むのはなかなかうまいものである。私はこれで「黒松白鷹」をやったり、「大関」をやったり、「銀釜」といろいろやってみたが、おかしなことに、一番ぴたりとうま味の合うのは広島から来る「宮桜」という割に安い酒である。もう五年ほどこの酒でせんべいを食っている。番茶でやるのもよろしい。しかしよく、煎餅を舌の上へのせて、そのままお茶をのむ人があるが、あれは却ってうまくない。せんべいはせんべいですっかり食べてその残りの味が舌の上で消えるか消えないかという時に、お茶をこくりとやるのである。これも上茶はいけない、味のあっさりした番茶に限る。

塩煎餅・カステラ・醤油

青木槐三君という私の友人がある。この人の引合せで石川さんに逢ったような記憶がある。ただお話を伺うというだけでお目にかかったらしく、自然印象がはっきりしていない。ただ鉄道省の例の青羅紗張りの大きな机の前で、ずいぶん長い時間話し合ったような気がする。その時分の事務官は今の事務官とは事が違うが、石川さんは鉄道の制服でなく、黒い背広を着ていられたように思う。今、どこかでお目にかかってもとてもわからない。

私は草加だろうがどこだろうが、塩煎餅というものは全く嫌いだし、お酒は一滴ものめないし、石川さんのお話の真髄は本当に味わい切れなかったかも知れないが、しかしそれだけにお話をそのまま素直に受入れて自分だけの判断のうま味を想像することが出来るから、その方が真実より、もっともっと幸福《しあわせ》かも知れない。自分では食べないが「草加煎餅はうまいんだよ」と、石川さんの話以来、本日まで盛んに他人に吹聴しつづけて来たのは事実だから、石川さんの話し方が本当にうまそうだったのだと思う。

幕末の頃の、長崎のカステラ広告に、カステラを薄く切り、わさび醤油で食べると酒の肴として至極上等だということが書いてある。現在われわれの見るカステラとは違っていたという話だが、実は私も試みにこれをやって見た。知合いの料理屋のおかみにそういって、食事の半ばに小さな一片をこれでやったが、ちょっといけるものである。酒の肴にしてはどんなものか、それは私にはわからないが、その後おかみの話に、ああでもないこうでもないと何にか珍しいものばかり食べたがっているお客さんへこれを出すと、ほめられますといっていた。

一度小壺に少し大きな賽の目に切ってこれを入れ、その上へくるみをとろとろにすって程よい量にかけて食後に出したら、どなたもカステラとはわからず「カステラのようなもんだが、うまい」といったという。おかみはくすくす笑っていた。

石川さんも醬油のことをやかましく言っているが、筆者も関西の醬油はとてもいただけない。京都へ行って滞在していて一番困るのは、うまい蕎麦が食えないことで、これは蕎麦その物がいかにうまくても、あの下地ではとても東京で育ったものには食べられないのである。戦争前四条の橋のところに「にしん蕎麦」というのがあって、あすこで辛うじて我慢をしたものだが、戦後は一度も京都へ行かず、ひたすらあの「にしん蕎麦」さんの健在を祈っている。

しかし関西の醬油を云々する前に、近頃は関東の有名品でもずいぶんひどくなったものがある。会社の経営がうまく行かなくて何にか薬品を入れるのだそうだが、これはいい豆腐へ生《き》のままかけて食べて見るとすぐわかる。びっくりするようにまずい。

（昭和三〇・五・六）

大鯛のぶつ切り

〈俳優　尾上松助氏の話〉

ちっとばかり辛いかナと思う位に醤油を入れて、こわ目に茶飯を炊いてよく食べる、一日おき位にはやるんでげすよ。これへ大鯛の生きのいいのを、ぶつ切りの刺身にして、薬味を入れないおしたじ、亀甲万がいい。別にいい茶の熱いのを汲んで、これをつまりお椀代りにしていただくんです。それあうまい。この刺身が鮪《まぐろ》となると、ちょっとまた調子が変って来て、べとりと舌へ残るあぶらあじと、茶めしの味とが、どうもぴたりッと来ない。やはり、茶めしには鯛、これがなかったらまず平目でげしょうかな。

あっしは他の名題役者衆とは違って、子供の時からペエペエの下廻りで、さんざ苦しんできやしたから、自然食べものが荒うがして、この年（八十五歳）になっても、うなぎなんざあ一人前ではどうも堪能しねえ、うなぎの蒲焼を一人半やって、それからうなぎ飯を一つはやれる。麻布六本木の「大和田」のうなぎ飯はようがすな。つまりあのうちは「たれ」が良い。うなぎだけ食べてもうまいが、うなぎ飯にしてもらうとなおうまい。通人は白焼というタレ無しのを食べるそうだが、あっしはそんなのはどうもうまくない。年寄りがそんなにうなぎを食ったって大して長生きのためにはならねえものだと大倉さん（喜八郎翁）がいってらっしゃいましたが、どうもあいつをやると気のせいか、はきはきして来るように思いやすよ。

あっしどものペエペエで、給金が一円五十銭だなんて時でも、まず月に四度や五度は誰からか五十銭位のうなぎ飯を食わされたもんで、その時分の五十銭は今では三、四円位にはなりやしょう。この頃は芝居の楽屋もどうもどこからともなくぎすぎすしていて、下廻りなんかには、めったにそんなうめえことはねえ。それから考えるとあっしたちの時代には、万事物事にゆとりがありやしたな。

三輪善兵衛さんの沼津の寮で梅幸さん等と一緒に行って、庭で天ぷらの立食いをさせてもらったことがありやすが、ありゃうまかった。第一油がいい。えびは「手一束《ていっそく》」と申しやして、手で横に握って隠れる位のが天ぷらには一番いい。二た口にかんで食うのなんかはいけませんや。市村さん（十五世羽左衛門）も六代目さん（菊五郎）も食べ物は凝っていて、よくこの間伊井さん（蓉峰）が話した上野の「天新」へつれて行かれました。あすこはうまかった、江戸にいなくなったのは残念でげすな。「にしき」、「もみじ」、死んだ紋三郎のかみさんが芝の露月町《ろげっちょう》でやっている何んとかいう店、みんなうまい。

あっしは他の食べ物はうまいまずいもなしに食べるけれども、天ぷらだけは知らずに食べても、後で胃袋がゲーゲーいって承知しないから、みんなもこれだけは注意をしなくちゃ、う、う、いけませんよ。

名優さま

松助と逢ったのは多分帝劇の楽屋だったように思うがはっきりしない。しかもどんな着物でどんな調子で話したかさえ思い出せないのだから、こっちももう相当にもうろくしたものである。眼の前へ浮んで来る松助は「蝙蝠安」であり、髪結新三の「家主」で、「味覚極楽」の話しぶりは忘れたが、この舞台での科白《せりふ》廻しは、実にはっきり覚えていて、私が物を書く時の会話のめりはりはまず悉くここから来ていると言ってもいい。私は六代目菊五郎はあまり好きではなかったが、松助には実に心酔した。生涯の中に、あの松助の舞台のような老人を一度書いて見たいと思っている。この材料をとるために、役者で先代羽左衛門にも菊五郎にも逢った。その時は小野賢一郎さんも「一つ羽左衛門の楽屋へ行って見ようかな」といって、私に一緒について来てくれた。

松竹のどなたかがあらかじめ話を通しておいてくれたので、すぐ楽屋へ通された。

羽左衛門は本当はどうだったのか知らないが、小野さんを昔から知ってでもいるような恰好で、親しげにいろいろ話した。が、残念ながら話が私の壺にはまって来ない。どう網を張って見ても引っかからないのだ。私の腕では記事にならないのである。折角逢ったのに困ったなあと思っているところへ、菊五郎がひょっこり入って来た。羽左衛門が「日日新聞のこれこれいう人だ」といって紹介したら「やあいらっしゃい」とそこへ坐ったので、私は内心で、これあいい人がいいところへ来てくれたものだと思って、話を羽左衛門と菊五郎双方にしかけて物にしようとした。

菊五郎は狩猟をやる。鉄砲自慢だから、まず話をそんなところから持って行って、「猟に行かれてお弁当などをあがったら定めしうまいでしょうなあ」とやった。ところが菊五郎は、すぐ、「あなた猟をやりますか」「いやあ、私は出来ません」といったら、「それじゃあ猟の弁当の話をしたってわからねえや」といったきりで、外の味覚の話なども一切せず、やがてとっとと出て行ってしまった。何にかこちらの態度でも気に入らなかったのかも知れない。

「何あんですあの男は」帰り道で私は小野さんにそう言ったが、「何にしろ天下の名優様だからな」とからから笑っていた。これ以来、私は菊五郎を嫌いになった。どんな舞台を見ても、人を人とも思わない傲慢さと、付添った冷たさが、まざまざとこっちの胸に来て、自然あまりこの人の芝居は見ずにしまった。大変な名優だというからそれを解らずじまいになったのは、考えて見ると心惜しいような気持もする。

しかしこの人の食道楽は大変なもので、しかも自分で庖丁をとる。一度どこかで食べて「これあうまい」と思ったものは、きっと自分のところへ帰って来て、またそれと同じ物を拵えて食べる。だから誰かに「あれを拵えろ」といって、それが出来なければ目の玉の飛び出るほどに叱ったものだということを、秘書をしていた人からきいたことがある。

戦前西銀座のある料理屋へ行ったら「今夜は六代目さんが買切りでしてね」といって断られたことがある。その辺をぴかぴかするほどにみんなで掃除をしていたので、「六代目が誰かお客でもするのか」ときいたら、「いいえ、そんな様子でもありませんが、こんな狭いところで外のお客とごたごた一緒に食べるのは嫌やだから、買切りにしたいとおっしゃるんですよ」

これには私も驚いた。大体、ある一部の料理屋などでは、その頃は、こういう人の来るのを鼻高々に自慢したり、吹聴したりする家がよくあった。いや、その頃ばかりではない。ある小さな銀座の洋食屋でも一軒こんなのがある。大したこともないのだが、誰かが吹聴して東京一のようなことを言い出したので、当人もその気になっているらしく、私はここをあまり買っていない。

この間もある新聞社の人が「あの家はどうか」ときかれたから「まず御家庭料理、お惣菜屋の類でしょう」といったら、その人も「わが意を得たり」といって笑っていられた。

数多い人の中には、こういうところへ行って頻りにもち上げたりする人がいるものだから、いい気になる。当人、これが料理人の行止りだとは気がつかないから厄介である。

いささか余計なおしゃべりをしてしまったが、松助の話にもある通り、私もやっぱり鰻は普通の蒲焼で食べるよりも、鰻丼の方が好きだ。でも妙に気取ったのはいけませんよ。少しこってりした位にたれをかけた鰻丼。これは確かにうまい。

さてこの鰻だが、小島政二郎先生は「小満津」オンリーだが、深川へ行くと土地の人はみんな曼魚翁の「宮川」が日本一だと自慢する。新橋辺の花柳界や下町っ子は何んといっても築地の「宮川本店」だよというし、また通人の中には麻布《あざぶ》飯倉の「野田岩」だという人もある。

私の住んでいる藤沢にも明治五年以来という古い建物の「うなぎや」という鰻屋があって、近頃は東京の名士がなかなか乗込んで来る様子。辰野隆《ゆたか》博士だの石川欣一さんだのも来るし、吹聴もしてくれている。石黒敬七旦那が三百七十匁食べたとこの家のおかみさんが申します。市の観光課に頼まれた訳でもありませんが、どうぞおついでにはお寄り下さいまし。

（昭和三〇・五・三〇）

酒、人肌の燗

〈元鉄道大臣　小松謙次郎氏の話〉

元魚河岸《うおがし》に「高七《たかしち》」という屋台の天ぷらがあった。二尺位のいいあなごを一本のまま揚げて、それを前の金網の上で、でっぷりとふとったおやじさんが、鍋越しに金箸をのべて、三つ位にちぎっては食わせた。兄哥連の中に交って、私はよく朝はやく、これを食いに行ったものである。新ちゃんとか幸ちゃんとかいう馴染みの連中が、三、四人ずらりと並んで、「おい」「おまえ」でふうふう言いながらぱくぱくとやった。あなご、ぎんぽう、えび、時季になると白魚《しらお》、大はしら、小はしら、実にうまかった。震災後は代が替って出雲町の方へ来たと聞いたが、まだ行って見ない。この間も、その頃の連中にひょっこり逢ったので聞いて見たら、「あの頃のようには行きませんや」と言っていた。天ぷらはやはり材料ばかりではなく、揚げる人の心意気が「味」になる。

もと、夜になると、日本橋の通りへ、紺暖簾《こんのれん》を斜に張り出して、その中へ板の縁台を一つ、おでんや小皿盛をうまく食わせた「角庄《かどしょう》」は今は、伊勢町へ移っているが、やはりなかなかうまいものを食わせる。夏はおでんをやらぬが、おでんを上手に食わせる位の腕があるんだから、すべてあざやかなものである。比目魚《ひらめ》のうま煮なんか、ちょっと一流の料理屋だってあれほどにはやれまいと思う。よく、おでんを馬鹿にする人があるが、あれほどうまく食わせるに骨の折れるものもなかろうし、またよく味わって食うとあれほどにうまいものも少ない。「角庄」のはんぺんは、半分に汁を浸《し》ませ半分を白のままにしておくが、私は天下の珍味だと、よく食い仲間には宣伝する。おたなの番頭さんや何にかが常連で、屋台時代には実に和気藹々《わきあいあい》としてよかったものである。河岸の四つ角にあった「千葉や」の比目魚の刺身、はんぺんのおつゆも素晴しかった。これも今はもとと違ってしまって、いつかも行って、がっかりして戻ったが、その頃は比目魚の大きなやつを、鮟鱇《あんこう》のようにさかさに吊しておいて、これをずばりずばりと身下ろしをしては刺身にこしらえた。朝六時からはじめてお昼までなので、私はわざわざ早起きをしては出掛けたものである。

浅草仲見世横丁に「魚まつ」という小料理屋がある。はじめ貴族院の荒川義太郎氏に教えられて行って見ると、なかなか乙なものを食わせるので、それからだいぶいろいろな殿様を引っぱって行った。ある時、例によって徳利を二、三本立てて、いい気持でいると、突然「閣下」といってくどくどと挨拶を始めた者がある。逓信省時代に使った人であったが、この男は野暮《やぼ》だなアと思った。こんなところで閣下も何にもあったものではない。そんなかびの生えたような挨拶なんかするよりは「まアーつ」とさかずきでも突き出す方が気が利いている。それ以来気まりが悪くてこの家にはあまり行かなくなった。

下谷松坂屋横の「江戸っ子料理」、あれは一と通り食える。酢の物がまず第一だろう。築地の「中善」のしゃこもいいし、四谷の「丸梅」では漬物がなかなかうまい。新橋へ来て「江戸銀」、日本橋へ行って「灘屋」。この灘屋は酒がうまいので、若槻君（礼次郎氏）などもよく出掛けて行く。金釜、菊正宗、大関と、菰《こも》冠りの樽をずらりと並べておくところが気に入った。「くじらの酢味噌」を自慢にしているが、まず自慢だけはある。それにこのうちのお酒の燗が素敵で、つまりいう「人肌の燗」というやつ、熱からずぬるからず、舌の上へすうーッとあま味の走るところは格別である。一と口に酒のお燗と言って、ただ熱くすればいいように思っている者があるが、これは酒客としては、酒その物の吟味と共に大切なことは、御承知の通り。熱い湯をその温度から下げぬように、また上げぬようにしておいて、それで燗をする。酒が入っているのに、湯がどんどん煮え立って来るのなどはいけない。錫の徳利は良いが、どうも上の方だけ上燗になって、下の方と燗が違うので、これもいけない。通常の徳利も、燗がぴんぴん利いていけないし、誰か、いいものを考えそうなものだと思っている。

うなぎは鈴木町の「小満津」。天ぷらは、京橋で「天蝶」、日本橋で「もみじ」、銀座で「茂竹《もちく》」、芝口で「塩屋」、烏森へ行って「菊水」、おやじが髭をはやして揚げている京橋の

「天平」、柳橋では「花長」、浅草の「中清《なかせい》」、下谷ではこの間からたびたび話題になっている神戸へ行った「天新」、神楽坂へ行っては「にしき」に「勇幸」。

日本橋通二丁目を入ったところに「香寿司」というのがある。飯の押込んだ上に、奈良漬、沢庵、味噌漬などを、魚の代りに綺麗に載せ、そのあいだあいだにしのだ巻などを彩りにした押し寿司で、なかなか乙なものである。漬物その物が素敵にうまく出来ているので、私はよくこれを肴に酒を飲む、飯の代りには熱い茶でつまむ。上戸下戸いずれにも結構である。鎌倉の半僧坊にある奈良漬の寿司もなかなかうまい。精進料理もこうなるといささか三昧境に入ったというかたちになる。本石《ほんこく》町の「次郎左衛門寿司」もうまい。鉄砲巻、いなり寿司、ともに味つきが枯れていていい。芝口の「稲荷寿司」もいいが、かますの甘味が時によって、うわすべりをしていてぴったりと舌へ来ないことがある。麻布竜土の「おつな寿司」は、稲荷寿司のかますを裏返しにして包んであるが、これもうまい。飯倉の「鳴門寿司」、神楽坂の「紀の善」、本所の「与兵衛」と、寿司はここらが昔から三枚看板となっていたが、看板ほどに行かないところもある。京橋の「幸寿司」もうまい。すべていいが、あのうちのまぐろ、季節へ入った時の白魚などが、殊によろしい。この頃はおやじさんが握らないようだが、同じ材料でも寿司などは殊に握り手によって味が変って来るから、やはりおやじさんがやるべきである。狭いところへせいぜい三人位立って、おやじさんのこしらえてくれるのを片っ端からやって行った時代は、実にうまかった。新橋の「新富寿司」もうまい。まぐろもいいが、あなごがしっかりしている。箱崎町の「東《あずま》寿司」、浜町の「呉竹寿司」、日本橋の「吉野寿司」、いずれもうまい。鶏は日本橋の「末広」、矢の倉の「鳥安」などが私の好みにぴったりとする。牛肉は銀座の「松喜《まつき》」が民衆的、京橋の「萬両」もいいが、四谷の「三河屋」となると少し見識ばって、もういけない。一体、食物《くいもの》のうまさは、料理人と客とが、言わば直接取引で、そこでこしらえて、すぐに客へ渡って、そこでまたすぐに食べるというところにある。それがいろいろ廻りくどくなっては、それだけうまさが失われる訳である。会席料理はどこのもいけない。あれはずいぶん人の嗜好を踏みつけた無駄な仕掛けである。沢山の品数の中には一つ位はうまいものもある。が、しかし、ああなっては、大抵はうまくないのが本当である。将来、会席料理というものはなくなる時代が来ると信じている。

ロボット

大正から昭和にかけ貴族院に研究会というのがあって、水野直（子爵）、青木信光（子爵）などというひどく腹の黒い殿様が、代々の内閣を苛めて、よく言えば大久保彦左衛門的存在、悪く言えばそれによって莫大にふところを肥やしているなどといったものだ。しかしみんな一つの風格があって、この頃の政治家から見れば、ぐっと腹が坐っていたように思う。

小松さんも一員だが、この人はどこから見ても腹に一物ある奴だなどとは思えない。明るくてぬうーッとしている。だから、これはほんのロボットで、研究会の殿様連にいいように利用されているんだなどと、当時新聞記者などは言ったものである。

どっちかと言えば、西郷隆盛とか日露戦争の大山巌というような型で、どんなことを言われたっていっこう平気で、私などは夜の夜中にやって行っても、寝ているのを起きて逢ってくれた。ある時その印象を政治部の古い記者に話したら、何あにあれはとぼけているが、立役者見たいに見える青木信光の方がロボットで、いつも小松がうしろで操っているんだよと教えてくれた。しかし、どこからどう押して見てもそんな気配のない人だった。

夏のことで高輪の屋敷の二階の窓際に籐椅子に向い合って話していたら、私はどうにも眠くなって、小松さんの言ってることが段々わからなくなって来る。それでも小松さんが話しているので帰ることも出来ずにいるうちに、とうとう鼾《いびき》をかいてしまったらしいんです。

はッと気がつくと、にこにこ笑って「鼾をかきながら人の話をきいてる奴があるか。だが、実はお前の眠ってる間、おれも眠ったんだ。時計を見ろよ」といって「三十分眠ったぞ」と大笑した。

この時に、やっぱりこれはロボットどころじゃあない、いつもこせこせしたような水野や幾分性急な青木さんなどとは格が違うかも知れないなと、はじめて思い当った。政治批評となるとひどく厳格で、これは新聞記者に対するゼスチュアなんかという生まやさしいものではなく、心の底から何にか言っている。こっちが叱られているような気持がしたものである。

ある時、何にかの話のはずみで学校の先生のことが出た。私は横田秀雄という博士（後ちに大審院長）から民法総論というものを教わったことがある。いやもう、もそもそもそ口の中で呟いているようなその講義の面白くないこと、面白くないこと、とても堪ったもんじゃあなかった。民法学の世界的権威で謹厳そのものの人だから、立派な講義に相違ないんだが、こっちが不勉強でそれがわからなかったことは自分にも気がついているんだが、後ちにあの時分の記者独得の調子でこれをこき下ろしたもんだ。「あれでいくらでも講義料をとるなんて太い」といったら、それまで、にやにやして黙っていていた小松さんが、「おい、あれあ、おれの実兄だよ」と笑った。これにはさすがに降参した。が、風貌も似てないし、第一、横田先生はむっつりとした暗い方、片方はどちらかと言えば童顔に近い明朗型、兄弟などとは夢にも思わない。新聞記者が人を訪問する時は、よくその人の身辺縁故を知っていなくてはいけない、いい材料なんか手に入るもんじゃあないなどといって、石黒忠悳さんが佐久間象山を訪ねる前に象山の書いた力士雷電の碑文を暗誦して行って、これを朗唱して象山の知遇を得た話や、私の親分の小野賢一郎さんが、記者嫌いの井上馨を訪ねて床の間にかかっていた書に「竿鈴」の署名のあるのを見て「木戸侯でございますね」といって感心されて、それから以後は内田山の雷親爺《かみなりおやじ》井上家へお出入御免になったというような話を、ある時若い人たちへ得意で一席ぶったりしたが、何んのことはない自分がこの大失敗をやってしまった。

しかし妙なもので、この男が自分の兄の講義をきいた奴かと思うと、満更でもないらしくいつも打ちとけて随分いろんな内緒ばなしなどもきいたものである。

小松さんで思い出すのは、明治三十何年かこの人がまだ逓信次官をやっていた時に、一夜、持兇器強盗が入った。並のお役人なら縮んでしまうところだが、小肥りのずんぐりした風貌が示すように、この人は柔道三段かなんかでその頃は腕自慢だったというから、こ奴と大格闘を演じて負傷し、残念ながら敵に逃げられてしまった。

この時代まで警察の刑事というものはまだカンの捜査が第一で旧幕の遺風が多分にあったが、負傷者が負傷者だけに俄然問題になり、警察がはじめて科学捜査の第一歩を踏み出した。どこかの記念館か何んかに、この犯人の足跡を石膏にとったものがある筈である。つまり刑事警察に一転機を劃したとも言える。犯人はどんな奴でどんなことになったか忘れてしまった。

昭和六、七年、私が日日新聞社をやめる頃に、一夜逢ったら「今度新聞社を引受けることになってね」といったから、「それはおやめになった方がいいでしょう。素人に出来る仕事じゃありませんから」と笑ったら「何あに例によってロボットになるさ」とこれは呵々《かか》大笑した。

確か旅行中に脳溢血で亡くなったと記憶してるが、ロボット然としてしかも巧みに悪智慧のたけた殿様連を手玉にとっていた小松さんから何にかの話の折にふれて語られ、未だに記憶に確《しか》と残っていることが一つある。

「日露戦争の後にな、ある男が総司令官だった大山元帥に、戦争中何にが一番御苦労でしたかと訊いたらね、元帥は、それは知っていることを知らぬような顔をしていることだったと言われたそうだ」

という話。年をとって見るとこの話が実によくわかって来た。

小松さんの味覚の話の豊富さは御覧の通りだが、殊に「おでん」談義は微に入り細に入ったもので、私も外の料理では金がつづかないが、お話に従ってこのおでんだけはずいぶん方々で食べ歩いたものである。結局のところ、何にがうまいかというと焼豆腐。あれを汁へ入れて、熱くなったかならないかという頃合を食べさせて貰うのが私には一番だ。汁がしみてしまったのはいけない。半ぺんもやっぱりこの程度。近頃はこのおでんも随分邪道へ入ってしまったようだが、むかしのように、半ぺん、生あげ、雁もどき、こんにゃく、焼豆腐位より入っていないおでんはないものだろうか。

（昭和三〇・七・三）

長崎のしっぽく

〈南蛮趣味研究家　永見徳太郎氏の話〉

長崎料理は朱塗のしっぽく。それに二た通りある。真中を丸く抜いてそれを中心に細かく網の目をかいたものと、ただ朱色に美しくぬり上げたものとであるが、前のを俗に「あみかけしっぽく」といって、ちらりと見てもなかなか趣きの深いものである。それへ大《おお》鉢《はち》一つ、小鉢《こはち》一つ、小菜《しょうさい》五つ、味噌わん、雑煮、最後に煮物、これを極まりとして、その間に「しるこ」が出る、東坡肉《とうばにく》が出る。一つのしっぽくへまず六人、それがぐるりと丸くなって、好きなだけ箸で小皿へとっては食べるのである。東京でも赤坂田町の「ながさき」、築地の「たからや」の二つだけが、まず長崎料理らしいものを出すけれども、やはり東京人に好くように、だいぶ調子が変って来ている。「ながさき」の方は冬に入ると魚も長崎から取寄せるし器物もすべて長崎物、板場から女中まですべて長崎ずくめだが、それでもどうも本当の長崎の味は出てこない。

「雑煮」はうす味、それへえび、魚、野菜などを入れ、たっぷりしたつゆで、これは実《み》を食うというよりはつゆを吸うのである。これをすうーッと一と口吸い入れると、実はそれで料理の値打ちがわかるのである。料理の間にしるこの出るのはいうまでもなくシナの影響、長崎では年中このしるこというものを食っている。ことに冬至の日には長崎中の道具屋が店先へ唐人船の飾り物、床へ関羽の幅をかけ、来る客ごとにしること薄茶を振舞う、古風なものである。「あん」はつぶし、餅を入れずに大きなだんごを入れて出す。その訳をいろいろ聞いてみるが、実はみんな昔からの習慣で何んということなしにやっているのである。

五月節句の「ちまき」、さらしの布を袋にして長さ七寸位、丸さ一寸位、これへうるち米七分、もち米三分を入れて「せいろ」で充分に蒸してから糸でぽつりぽつりと切って「あん」をつける。殊に珍重するのは「とうわくちまき」、七輪の底へ残った灰を水の中へ入れて、これへ出来たちまきを半日位入れておくと、ちまきが黄色くべっこうのようになって、不思議なあま味が自然の間にわいてくる。

仲秋明月、諏訪神社のシナ人がこしらえる「名月餅」も自慢の種にはなる。木皿へもった小さな餅五つ六つ、蜀山人がこれをつまみながら「長崎の丸山に出る月のよか、こんげん月は、えっとなかばい」とやった。お諏訪様から長崎の月の町を見下ろした景色もいいが、この名月餅もうまいものである。

諏訪神社からのもいいが、日本最初の病院の出来た大徳寺の月はなおいい。ここに焼餅というのがある。「あん」の入った大きなもので、これを食べながら月見をするのである。餅屋は三、四軒あるが、そのおやじさん達が「あん」をねる時には暗室のようなところへ入って錠をおろしてやっている。東京などではちょっと食えぬうまいものであるだけに、何にか家伝の秘法があるということである。

雲仙岳の山どり、凍豆腐。この豆腐の半分凍ったのを醤油をつけて食う味は、実にいい。淡々たる中に一種忘られない風味がある。島原の鶏、玉子。鶏の肉のやわらかなことはまず独得なもので、これを骨ごとぶつぶつきって（ぶったたきという）、とろ火で根気よく煮つづける。箸をちょっとつけると骨と肉とがばらばらになる位に煮て、これを醤油やらだいだい酢やらでたべる。つまり「水たき」である。水たきは博多が本場のようなことをいっているが、実は長崎から移ったもので、東京の水たきは、どれもこれもなっていない。水臭くもあるが、まず鶏が長崎のような訳には行かないのである。烏森の「海月」、牛込の「川鉄」、銀座うらの「水月」など、感心しなかった。玉子も実にいい。長崎カステーラがいいのはこの玉子のためである。

「満月」というとり屋があってここで出す玉子は、かちりとわると、どの玉子でも必ず黄身が二つずつ入っている。何百という玉子の中から「二つ黄身」だけをえり出してあるので、贅沢な話であるが、それがまた妙にうまいのである。

浦上というところがある。ここからとれる白魚《しらいお》の天ぷら、吸い物、ことに一寸位の生きたピチピチしているのを小さなどんぶりにとって、それへ酢をかけて、そのまま食べるのはうまい。魚のあまみと、酢との味わいが何んともいえぬのである。玉子をかけたり、すりいもをかけたりするものもあるが、それは却ってよくないようである。全村、切支丹伴天連《キリシタンバテレン》で、最後まで信仰を捨てず、いろいろな鮮血譚を残したところだが、毎日毎日町の方へいろいろな物を売りに来る女なども、胸や皮膚を見られぬようにというので、シャツを着て手の甲までかくしている。首からはきっと「はた」（ヤソのお守）を下げている。もちろん日曜にはひとりもやっては来ないのである。

チャンポンというのがある。えび、しいたけ、豚、なまこ、鶏の臓物、骨などを大きな鍋で、うすい塩味で、煮合せて、それへ「うどん」を入れてまた煮る。つゆを多くしたのと少し焼きつける位にしたのとあるが、これを山のように盛って出す。書生料理でもあり、またうまくもある。

切支丹村浦上の百姓は、どこのうちでも昔から豚を飼っているが、ここの豚肉でこしらえる「かく煮」、つまり長崎自慢の「東坡肉」へ、ぽっちりとからしを落として食べる味はいいものである。肉がほとんどとろとろして、いいものであれば、いいだけにやわらかく、箸の先で、すうーっとつまみ切りにしながら食えるのである。蘇東坡《そとうば》がひどく好きだったというので、こんな名がついているが、もちろんシナ渡来の料理。豚のひばら肉を二寸位の厚さで大きく切って、ものの五、六時間もとろ火でゆっくり煮込んでから、更にいい酒と醤油を入れて、その味がしみるまでまた煮込む。それへ水あめを思いきって入れてまた煮るのだが、ここで味醂を入れると、もう肉がかたくしまって来ていけないのである。山村耕花さんなんかも、これが馬鹿に好きで、上等の玉砂糖などを入れたりしてやっているけれどもいけない。東坡肉の秘訣はこの水あめにある。一寸四角位に切って、浅い茶碗へでも入れてたべるのだが、四角になっているからつまり「かく煮」というのだ。油のところが触れれば崩れるようになっていて、舌へのせると、すうーっとなくなる。甘味とからしの味とで、ふんわりとする妙味は、実にすばらしいもので、冬だと一カ月位は持つし、夏でも二日位は大丈夫である。

いわしでこしらえる「おかべ」というのがある。骨をぬいて開いたいわしで豆腐のかすをくるりと包んだ一種のすし、これへべにしょうがをのせて、一口に一つずつたべるのである。うるめいわしの塩焼、だんご味噌汁、えたりいわしの酢醤油で食うさしみ、みんなうまい。ぼらの子の「からすみ」は高野というのが一番よろしいが、これは酒の肴というよりはいい玉露をすすりながら、茶菓子とした方がなおいいようである。漬あみ、いかの子塩から。くじらの百尋《ひゃくひろ》（腸）をゆでてぶつ切りにし酢醤油でたべるのもうまい。赤肉のすき焼もいいし、しびまぐろのざくねぎ、大根おろしでたべる刺身もいい。しょうが酢でやる長崎生えびの刺身は、まず刺身の中ではうまいことで第一かと思っている。いかの刺身はあっちではすり味噌でたべるのである。江戸っ子が一枚着物を質に入れても食うという鰹は、長崎島原かけて実にうまい。これを大きく皮ごとぶつ切りにして砂糖醤油へ半日から一日つけておいて、それからうすく刺身に下ろして、からし醤油で食べる。東京のようにぴんぴんしたのを、そのままではないが、これもまたなかなかうまいものである。

刺身より少し厚く切った魚をざっと湯を通して酢醤油へちょっぴりとつけて食う「いぶき」、灰色の背中をした「あら」の刺身、鯛のあらの「ちり」（ちれ）、海草の「もずく」、みんな長崎ではことにうまい。野菜では小さな「赤かぶ」がいいし、唐人菜、たか菜、かぼちゃ（ぼうぶら）がことにいい。「もずく」は灰にくるんでよく東京へ持って来るが、三週間位経っても少しも味が変っていないのが面白いと思っている。

「かに」もいい。腹をわって熱い酒を入れてのむ「かに酒」もいいが、小指の肉を落着いてかんでみると、まことにけっこうである。「あゆ」はことによろしい。諫早《いさはや》の在に湯江というところがあって、石垣の間へ首をさし込んでいるあゆを、胸のあたりまで水へはいって手づかみにする。これをぽーんと陸へ投げると、火をたいて待っていて、生きているのへ塩をぱらぱらとふってそのまま焼いて食べる。これに、広瀬淡窓《ひろせたんそう》の出生地の近く豊後日田《ひた》の川からとれるあゆ、肥後人吉《ひとよし》のあゆ、これが九州の「三あゆ」だが、人吉はうるかが楽しみ、湯江、日田は、風味において有名である。

蘇州から杭州へかけてシナで出す酔蟹《すいかい》はうまい。生きた蟹を酒へ幾年かつけるというが、あの脚をたべているると陶然として来る。いいものである。南へ行ってジャバからインドの食物にもいろいろあるが、うまいまずいはとにかくとして、それぞれに面白いと思う。ジャバではホテルで「ナシゴリンにするかブーランダーにするか」ときくが、ブーランダーはオランダ料理、ナシゴリンは油でいためつけたような飯が主食だが、何んでもかんでもジャガ芋をつけないと承知しない。十人の給仕が両腕へ十種位の料理を並べて出て来るが、これが肉なら肉ばかり、キモならキモばかりをズラリと並べてくるのだから驚かされる。

インドの内地へはいると牛肉は食べぬから、石のような水牛の肉を食わせる。水牛のうまくないことは板を食う以上である。黄色いほおずきの漬物はうまい。シンガポールなどでは人々が大あぐらをかいて水を飲み、手づかみのライスカレーを指ではじいて食っている。とてもからくて、われわれには食えないものである。マレー半島へ行くと、鯉の丸焼を食わせるが、その桃色のトロリとしたカレーのからいこと、目が廻るようであった。

旦那文士

この頃永見さんは杉並辺に住んでいられて、明るい応接間には骨董見たような古ぼけた物が山のようであった。国宝か何んかの南蛮屏風《びょうぶ》を持っていて、私は小野部長に言いつけられてこれを拝見に出たのが知合ったはじめだったように覚えている。その屏風の厚みの一分もあるような剝げっちょろけの金箔のところがめくり上っているような感じで、永見さんはこれを私に説明しながらも、指ででもさわられやしないかと内心はらはらしている様子だった。

「あなたは南蛮研究家で知られてますが、今の御商売は骨董屋さんですか」ときいた。昔は長崎の金持で、市会議員や商業会議所議員をやったり、倉庫業だの大がかりな運送屋をやったり、南方と貿易をやったりしたことはかねて調べて知っていたけれども、逢った感じは、政治家でもなく、と言って実業家でもなく、それかといって本当の学究という感じでもないから、こんな無遠慮なことをきいたものだ。

「そうではありませんよ」

という。

「では？」

「主に著作だが、まあ売食いというのが本当でしょう」

といって笑った。眼鏡をかけて、でっぷりと腹の出たいつも和服を着ている人であった。この時のこの人からの取材はどんなことであったか忘れたが、それが縁でその後も何度か永見さんを訪ねたし、永見さんもよく新聞社へやって来た。やって来てもこれという用のないことが多いし、こっちが下っ端の走り使い記者だから、逢えないことも、逢わないこともよくあった。

大変な大食家で、いつか銀座の裏の料理屋で、土佐風の鰹のたたきを十人前注文した。

どうするのかと見ているとたちまちにしてこれを平げたので、さすがの私もびっくりして新聞の「雑記帳」というところへ書いたことがある。どこの料理屋へ行っても一人前ではとても足りないので、

「すぐ後からもう一人来るから」

といって二人前ずつ注文して出させ、

「何にか都合で来られなくなったのだろうといっては、この分も食べるのですよ」

といっていた。

よく「何にか食べに行きましょう」と誘う。御馳走になるのはいいが、こっちは迷惑だったことが多い。交際をしているうちに永見さんは妙にこう著作家扱いをされたがる人だなということが次第にわかって来た。世に「旦那文士」というのがある。ろくに物も書きもしないで、それで食ってでもいるようなゼスチュアをしたり、旅行をして宿屋へ泊ると宿帳に職業を「小説家」などとやっつける。無理にも文士交際をしたがりたい人がよくあるでしょう。私の知ってる人でも同じ風なのが二、三人いる。立派に財産があって、ねてても食えるというのに何にを好んで文士仲間などに入りたいのか。わざわざ名刺に「伝奇作家」などという肩書をつけている人もいるし、文士の会などというとどこをどうするのか率先出席して一席ぶったりする。一種の病気だろうが、実に気の毒な病人があるものである。

永見さんでも幾分こういう病気がなかったとは言えないようです。しかし実際著作もあるし、南蛮研究も専門家から言わせると何んとかかとかいうが、別にこれによって、金を儲けようの悪事を働こうのという腹は露ほどもない。出版にしても、自分で本屋を拵えて本当に身銭を切って自費の出版だから、悪いことなどは薬にしたくもない。あれでは私にいった通り売食いでもしなくてはならなかったでしょう。

ある日、社へ電話があって、「明日はどうしてもつき合ってくれ」という。「さあ事件でもなければいいが、約束は致しかねます」といったが「いいからいいから」とかいって電話を切って次の日、夕刊の〆切頃を見計ってやって来た。

「何んです」

「いや今日は是非君に食べさせたいものがある」

といって、はっきり覚えていないが赤坂へつれて行かれて、御馳走になったのが、前の記事にもある鰹を皮のまま大きく三枚に下ろして、前晩から砂糖醤油へ漬けておいたのを、料理人が目の前でぶつぶつ切りの刺身におろして、とろりとしたからし醤油で食べさせる。

「どうだ、こんなうまいものはないだろう」

「いや、あまりうまくない」

「そうか、おかしいね、君の舌はどうかしてるな」

「甘ったるくてね」

といったら、いきなり料理人を、

「これ少々砂糖が利きすぎてるじゃあないか」

と大声で叱りつけた。残った髪が白くて頭の真ん中の禿げた料理人であったが、

「へえ、相すみません」

と、ぺこぺこ謝った。永見さんはこの家の上得意だったらしい。そうそう、暖簾にひょうたんが斜めに染めぬいてあった家だ。

このまま帰るのだと思っていたら、引きつづきに同じ赤坂の田町の「ながさき」へ寄って、

「外のものはいいからかく煮だけを出せ」

といって、あの豚の東坡肉をしかも大ぶりに切って持って来させた。

皆さんはこれでさすがの私も閉口したと思うでしょうが、どうしてどうして、私はぺろりとこれを平らげて、

「さっきの鰹よりはうまいね」

といったんだから、年の若いというのはさてさて恐ろしいものであります。

後々は、どうした訳か疎遠になって、永見さんが相州真鶴海岸に隠棲していられるという噂をきいたことがあったが、互いに相見る機会もないうちに疎開先で寂しく亡くなら

れたそうだという風のたより。思えば人の一生ほど計り知れぬものはありませんな。

（昭和三〇・八・一二）

宝珠荘雪の宵

〈伯爵　小笠原長幹《ながなり》氏の話〉

朝からちらちら雪が降っていた。私は凍えるようになって、大切な用事を抱えて、静岡県岩淵《いわぶち》の宝珠荘《ほうじゅそう》へ田中光顕《たなかみつあき》伯をたずねたことがある。伯はこの時、小座敷へ真紅《まっか》な炭火をどっさり運ばせて、それへ鍋をかけ、大きな大根を皮ごとぶつぶつと輪切りにしたのを、昆布を敷いて、その上でぐたぐたと煮ながら「お茶代りに一つ」といって食わせてくれた。箸でつまんで、唐がらしのちょっとはいった生醤油をつけて、ふうふう吹きながら湯豆腐のようにして食う。実にうまかった。前に道重大僧正の話があったが、あれと全く同じものので、物の自然の味はいいものである。この時はもう日の暮れ方であった。

山谷時代の「八百善」は、実はろうそくと女中の着物と座敷と器物と床の掛物で、ぐっと食物《くいもの》の味を引立ててはいたが、築地へ来てはそれも駄目である。電気をつけずに行燈《あんどん》の灯でぽつりぽつりと立派な器物で出て来るのだから、ひどくうまいような気持もしたが、よく考えて見ると、はっきり「うまかった」と記憶に残っているのは、「みじん切りにした漬物」ぐらいのものである。

料理はあまり技巧めいた庖丁使いのものはうまくない。庖丁味がどうこういうようなことはわからないまでも、うまく食わせよう食わせようとしている調子で、いやになる。ぴたりと時節にあったものをその物の一番うまい季節に、淡泊に料理して出してくれるのが何によりの馳走である。早い話がライスカレー、どんなにうまくたって、冬あれを出されては感心しないこともある。少しぐらいまずくても、夏の最中にあついやつを出してもらって、舌へピリリッと来る時はまた格別だ。

田中首相(義一大将)は、あれでなかなか食物の好みがあかぬけしている。通ではないがひどく気が利いている。青木(信光子爵)は半分通で半分不通。水野(直子爵)に至ってはただあまければいい、羊羹へ砂糖をつけて食べる組で、物の味などは、まるきり頓着しない男である。まあ俺たちの仲間では、柳沢(保恵伯爵)を一番公平な食通というのだろう。

小田原辺でとれるあじの一しおはうまい。川魚料理では方々食ってもみたが、まず近江石山の柳屋という家の鯉料理、あらいよし、こくよし、実にすばらしいものであった。場所もいい。琵琶湖を見渡せる景勝の地にあるが、中でも鯉のあめ煮が一番うまいと思った。浅野の爺さん(長勲《ながこと》侯爵)に会った時話したら、「まだありますか、昔、私ども駕籠《かご》で通りました時舌鼓を打ったもので……」というのだから随分古い家と見える。「いかもの」にいたっては、随分いろいろ食ったけれども、ただ珍しいだけの話で、うまいと思って食ったことはない。

対の大島

でっぷり肥って鼻眼鏡をかけて、いつも立派な着物を着ている。応接に出て来る女中さんたちもみんな綺麗で行儀がよかった。

待合政治の盛んな時代だから、自然折花の巷への出入りも烈しかったし、ずいぶん金も使ったようだ。ある時このお金の話が出て、どうもわしのところのような屋敷になると、いろいろとうるさい制度があって、自分の金を自分で自儘にはならない、当てがい扶持《ぶち》でな、時には小遣いに困るようなこともあるんだ。ひどいものだなどと話したことがある。そうであろう。かつて徳川将軍十六代様になる筈だった家達公と同じような話をしたことがある。

「公爵は外出にお金を持たず、欲しい物が目につくと、それを屋敷に持てといってそのままうーっと帰られるという話があるが本当ですか」

ときいた。公爵は、

「とんでもない。わたしはちゃんと紙入を持って出て、好きな物は金を払って買って来るよ」

「ではどの位お持ちですか」

「二十五円だよ。今これから外出するところで、それを家職から受取った。ほら御覧」

といって、黒の印伝の紙入を筆者の前へ出して見せてくれた。実に立派な紙入だ。が、公爵が中からつまみ出したのは正に二十五円であった。昭和のはじめだが、ずいぶん少いものだなあと思った。

「それでは大した物はお買えになれませんね」

「そうだ、が、どうしても欲しいという場合にはまた法があるさ」

といって笑われた。家達公は静岡藩で七十万石、長幹伯は豊前小倉で十五万石だが、どっちにしても旧大名家などというものは案外窮屈なもののようだと思った。

長幹伯が待合へしげしげ通う。勿論それがしの寵妓《ちょうぎ》というものもあった。殿様はいつも大島絣《がすり》の着物と羽織の対《つい》を着て行く。その柄がまたいつもいつも同じだ。評判になった。殿様はお金持だというのにいつも同じ着物ばかり着て来る、外にないのだろうか。何にを言ってるのさ、そんな訳があるもんかね、第一それなら袖口とか襟口とかが少しはやつれて来る筈じゃあないの、いつもああしてぴーんとしてらっしゃるじゃあないの、あれがお好きで何枚もお持ちなのよ、じゃあ一つ試して見ましょうかというようなことになって、心きいた老妓が、殿様がお湯へ入っている隙にその大島絣の袷《あわせ》の裾に、一針、絹糸を縫いつけておいた。

次の晩かその次の晩またやって来たので、袷の裾を見るとこれがない。今度のへまた縫いつけてやる。かくすること三十日、いつまで経っても、その絹糸のぬってある着物が出て来ない。こっちが呆れてしまった。殿様は大島の揃いを一度着たきりで二度とは着なかったという話である。私はこれを伯爵へじかにきいたことがある。

「その大島の着物というのを一体幾揃いお持ちなのですか」

この時、伯爵あの肥った腹をゆすって、かんらからからと笑って、

「馬鹿をいうな、それあ伝説だよ」

といった。

殿様だから、何にかひょいッと思いつくことがあるらしい。私が朝、社へ出て行ったら伯爵から電話があったということが伝言帳にのっている。それが午前八時に受けてある。何にしろ貴族院の領袖だ。何にか事件かと思ってぎくッとして電話をかけると「すぐに来い」という。早速飛んで行った。記憶がおぼろになったが、何んでも石畳で真ん中に炉を切ったような応接間を新築したばかりの頃で、冬だったと思う。顔を見ると、

「どうだ、この応接間いいだろう」

という。私は、

「大変立派ですが、これあ寒い」

といったら、

「そうか、実はわしも寒いのには弱っているんだ」

といった。

「時にわざわざお電話を下さったお話というのは何んですか」

「うむ、わしのところの犬はこの世に珍しい忠犬でな。一つ、書いてくれないか。人情がかくも軽薄で人の恩などというものを感じない世の中になった。いい教訓になる」

「へーえ。どういう犬ですか」

伯爵は、

「おいおい」

といってぽんぽんと手を打った。女中さんが来る。

「犬をつれて来い」

この時その犬の名を言ったが忘れてしまった。連れて来たのを見ると少し交っている中型の日本犬だった。

「こ奴がな君。わしが座敷にいるとその座敷の庭先、居間にいるとその居間の庭先。絶えずわしを守っている。夜ねると、今度は寝室の下へもぐり込んで来て、一と晩中、わしの枕の下辺りにいるんだ。立派なもんじゃあないか、犬でさえこれほど主人を思うんだ、人間は大いに恥かしいと思わなくてはいかんね」

私は苦笑した。まさか「大抵の犬はそういう習性を持ってます」とも言われないから、尤もらしい顔で、はあはあいってきいて帰ったが、これではどうにも記事にならない。それから少しして貴族院の廊下でひょっこり逢った。しまったと思った途端に、

「どうしてあの記事を書かないんだ」

という。こっちは閉口して、

「いや、書いてはあるんですが、今議会中で記事が混んでるもんですからね」

「いや、こういう時にこそ必要なんだ。早くのせるようにしなさい」

という。それから逢うたびに、三度や四度は催促されて、こっちは頻りに逃げ廻ったが、とうとう記事にはしなかった。

この伯爵の話に出て来る八百善。私は大森でここの家作に住んだこともあるし、山梨の代議士故堀内良平老によばれて、二、三度、築地へ行ったこともある。しかしその頃は料理はもういけなくなっていた。昆布だしのお椀も、頭を下げるほどではなかったし、器物も同様であった。むかし山谷堀にあった頃の八百善はどうであったか、知らないだけに、私はむしろこの方に夢があって楽しい。

あなご寿司

〈筑前琵琶師　豊田旭穣さんの話〉

日本橋小田原町に「うの丸」という寿司屋、肉の厚い「あなご」を寿司につける前に、もう一度煮て、お皿へこれを二つ、ぐっと甘味の利いた煮つゆを下からかけて出します。本当の寿司ということは出来ないかも知れませんが、うまいものです。新橋の「新富寿司」は、この「あなご」をつけぎわにちょっとあぶってくれるので、大変やわらかになっておいしいし、あのうちの「たれ」は実にいいと思います。四谷見附の「美佐古《みさご》」の「あなご」もけっこうです。ここでも一度食わせる前に煮返していますが、「あなご」が新富などで使うものよりは少し小ぶりです。

浅草雷門の「蛇の目」の「あなご」もいいし、銀座の「帆かけ寿司」の「あなご」も悪くありませんが、煮返したり、焼直したりする親切がないので、そんなものを食べつけている口では、あっさりはしているが、歯ざわりも荒くていけません。神田神保町《じんぼうちょう》の「兼《かね》寿司」の「あなご」は私にはどうも一番うまい。舌の上へいつまでも残る味がいいのです。「あなご」には別段変りはないようですから、煮方に何にか他の寿司屋と変ったことがあるのだろうと思っています。

これは大阪寿司ですが、牛込横寺町の「大〆《おおしめ》」の「あなご」もいい。焼き方が上手で、甘味のあっさりと来るところは、大阪寿司としてはまず第一でしょう。浅草田原町《たわらまち》の「大阪寿司」の「あなご」もよかった。銀座の「丸見屋」のはどうもいけません。牛込の「紀の善」の「あなご」は小さいし、煮方に申し分があり、「たれ」もよろしくありません。あれだけの看板の店にしては、感心出来ないものです。本所の「与兵衛寿司」は、御飯は実にいいものですが、「あなご」ばかりではなく一体に煮物はまずいと思いました。

神田の「吉野寿司」の「あなご」も割合にうまいし、千住などの場末にもなかなかいいのがあります。御承知の通り「あなご」は、あなごそのものの味もうまいのですが、第一が「たれ」がよくなくてはいけません。味醂《みりん》などで無理にこしらえたものではなく、やはり「あなご」のかまや骨などを充分に煮込み、味醂でも砂糖でも惜しまず作らねばだめです。「いか」でも「あわび」でも「たれ」のついた煮物へ醤油をつける方がありますが、あれは「たれ」の味を無茶苦茶にしていけないようでございます。

琵琶の女王

あの頃、東京はなかなか琵琶《びわ》が流行で、筑前《ちくぜん》琵琶では橘旭翁《たちばなきょくおう》、薩摩琵琶では永田《ながた》錦《きん》心《しん》。繁昌の点ではこれが第一であった。その外には、寄席へも出たりした筑前系の高峰《たかみね》筑風《ちくふう》。薩摩琵琶は吉村岳城、入江三舟、永江鶴嶺、伊集院鶴城。この人の「潯陽江」などは真に天下の絶品であった。絃声今もなお私の耳底に残る。こういう中で、さて人気は誰かというと豊田旭穣である。腕の方では江馬旭子などという名手も競争相手でいたが、第一素晴しい美人で美声で、語り口がその容貌のように何んとなく清潔ですうーっとしているので、やっぱり旭穣には及ばなかった。大きな眼で、この人が舞台へ出て来ただけですでに場内が引締った。

読売新聞がまだ京橋にあった頃、私は千葉亀雄氏の下でその社会部記者であった。そこで琵琶の人気投票をやったことがある。多分大正十年頃ではなかったかと思う。当時は新聞も今のように大部数が出ないから、いろいろ販売に苦心をしたもので、そのために、時には妙なことをやった。こういう投票などとなると極まってその用紙を新聞に刷込んで、これを切抜いて書き込んで送るという方法。私は「これはいささか浅ましい、腹を見すかされるようで気持が悪いから」と生意気な主張をして、幸いにこれが容れられて一切官製葉書を使用することにした。

実は大したことはあるまいと思ってはじめて見たらこれが大変で、確か百万枚を越える投票になったように思う。この葉書を社の三階へ積んだが、木造で古い建物だから床が傾いて危険になったほどである。第一、葉書も連日こんなにどんどん来られては、とても素人には整理が出来るものではない。

ちょうど知ってるものが中央郵便局に勤めていたので、一日一円の日当を出して内緒で区分係の非番の人を十人位ずつも毎日来て貰って、やっと仕分けをした。

この時の筑前琵琶の一等が旭穣。毎日大勢の後援者が、その頃牛込筑土《つくど》にあった彼女の家へ集まって投票の葉書を書く。何んとか公卿子爵というのがその事務局長で、早く夫人と別れて、当時独身だった彼女のパトロンだという噂が専らであった。私もちらりとうしろ姿位は見たが、老いぼれてしょんぼりしていてそんな風には見えなかった。

吉村岳城は名人としてこの投票からあらかじめ除外してあったが、この人がある時私へ、「旭穣は結局落ちますよ。あ奴はとても吝《けち》ン坊で、弟子から応分の金を集めて、その上徹夜で葉書を書かせておきながら、夜食に海苔巻一つも出さないそうだから」

という。が結局、旭穣は落ちなかった。錦心流は山田桃水、正派は池田天舟。

この人たちに是非来て演奏会を開いてほしいと静岡の販売店から言って来たので、私がみんなに話をするともとより喜んだが、旭穣だけがずばりと条件を出した。第一が女の弟子を一人つれて行くからその費用一切負担のこと、第二が必ず一等旅館のこと、第三が出演料は百二十円、これを出発前に払うこと。

その頃の琵琶師の出演料などというものは本当に安かったもので、一流でも五十円はなかなかない。大抵は十五円から二十円位だった。しかも新聞の仕事だ、まさかその興行が損をしたって踏み倒すなんてことのある筈はないのに、旭穣はこういうので、私もいささか忌ま忌ましかったが、往復の旅費と共に出発の何日か前にわざわざ届けに行ったことがある。

しかし段々交際していると、吝ン坊だが、何事もこういう風に几帳面で、女芸人らしい嫌やらしさが微塵もない。いつもさっぱりしているので却って気が置けなくて、後ちにこの人が片瀬か大磯かへ引込むまでは、何にかにつけて訪ねられたりした。

その中に私も東京日日（毎日）に転じたし、琵琶界もだんだん火が消えたようになって、音信不通になったが、一つは、引込んでからはいろいろ不遇だというような噂をきいただけで、遂に再び相逢うことがなかった。

この話の中に出て来る「うの丸」は彼女よほど気に入っていたか、退社時間を見計ってわざわざ新聞社へやって来て二、三度も誘われたが、いつも断わって行かなかった。その後一人で行って見たら、その時はあなごは取立ててほめるほどの物ではなく、むしろいかがなかなかうまかったと覚えている。だが料理場は不潔だった。

四谷見附の「美佐古」は今東銀座の三原小路に移っているが、やっぱり「あなご」は東京一かも知れない。ただ、この間、おやじさんの話に、「昔は御承知の通り煮返してから出しましたが、今のお客はせっかちで、こういうことをしていては御機嫌が悪くなりますので困ります。特別にお言葉がなければやらぬことにしました」。牛込の「紀の善」へも当時行って見たが、まるっきり駄目だった。両国の「与兵衛鮨」は立派な構えで、旭穣のいう通り「めし」はよかったし、玉子もよかったが、後は悉く零《ゼロ》であった。噂では何にか、いざこざがあって、門前で首を吊ったものがある。それ以来、江戸以来のあれだけの老舗《しにせ》も左前《ひだりまえ》で、恐ろしいものですという人があった。鰻を殺そうと思ったら、それがそこの主人の手に巻きついて、恨めしそうに睨《にら》んだ。鰻の恨めしい顔というのはどんなのか知らないが、それを無理に料理をしたら、それ以来その店が駄目になったという話がある。ましてや、門前で死なれたりしてはやり切れまい。

〔付記〕美佐古のおやじさんは、去年の春脳出血で亡くなった。

竹の子天ぷら

〈実業家　三輪善兵衛氏の話〉

めごち、はぜ、きす、あなご、ぎんぽう、天ぷらにもいろいろあるが、やはりえびを第一とする。大森のしびの間に育ったもので、まず大きさは手一束《ていっそく》、ぐっと握って頭と尻尾《しっぽ》が出ている位のがよろしい。いわゆる江戸前のさい巻《まき》である。うなぎの白焼を揚げても見たがうまくない。

油は胡麻《ごま》。かや、つばき、ともに軽いが一種の癖がある。胡麻もあれに熱を加えてしぼり出し、これをさらし、あるいは天日にほしたものは駄目。水圧をつかったつまり冷圧油でなくてはいけない。食べて見て温圧とでは格段の相違がある。

冷圧製の油は、油そのものに言うに言われぬ甘味《あまみ》がある。えびを揚げて、ぷつりッとやると砂糖を入れたように甘い。えびはむいた時に背綿《せわた》をよく抜いて、尾のところにある黒い袋は必ずとらなくてはいけない。これをやらぬと油へ入れてからぴちぴちはねる。

ころもは三百目位の粉に卵の黄身だけを四つ五つの割だが、入れる水の加減が大切で、うすければころもが落ち、厚ければまた食べられぬ。鍋は底厚のもの、まず三分以上は必要である。水加減はむかしから天ぷらの秘伝のようにいわれ、炭はびんちょうとか何んとかいうが、何んでもいい。ガスでも電気でも、コツがわかれば同じことである。油へぽちりところもを落としてみて、しゅうッといって浮かんで来る程度で、くつくつ煮立てるほどの必要はない。あまり熱いと品物がこげるし、魚の味が逃げてしまう。野菜は、三つ葉、はす、ごぼう、さつまいも、竹の子など結構だが、これはことに、この油の熱さ加減がむずかしい。

中でも竹の子のやわらかいところの天ぷらは、うまい上品な味で、清浦（奎吾）子爵などは、「こんなうまい天ぷらはない」とおっしゃっておられた。大河内《おおこうち》正敏《まさとし》子爵は大へん天ぷらがお好きで、私のところで天ぷら会をやった時、えびを三十八おあがりになってみんなにひやかされた。よくこの方の通人は、えびばかりを食べて、それが舌になじんで来ると、その間にぽつりと野菜を食べられる。そしてまた、えびへ行く。野菜はあれで実際いい味をもっていることが、天ぷらではよくわかる。

油がよごれたら、玉子を落としてかきまわすと、何にもかもこれへ吸い込まれて綺麗になる。こうすると、その次の時に使えるが、なるべくならば一回ごとに、新しいものの方がうまい。

つゆは、まず最初少し薄味であまい位にこしらえ、それを、も一度煮詰める。この煮詰めるのが大切で、はじめからちょうどいい味にこしらえては、醤油の味がそのままどこかに残っていていけないものである。おろしは、練馬大根。辛いのやにがいのは、天ぷらにはむかない。もしいいものがなくて、ちょっとなめて見て辛かったら、これをざるに入れ、ざアざア水をかけてさらすとよろしい。水臭くならぬようにしぼって使うが、多少ばらばらになるし、うまくなくなるのは仕方がない。

塩で食べたり、柚子酢《ゆずす》でたべたりする人もあるが、これは天ぷら食いとしては、少し邪道である。

ミツワの三輪さん

小野賢一郎という人は実にいろいろな人と交際が深くて、自然私もいろいろな人に引合わされた。三輪善兵衛さんもどうもそのようなことで知ったのだと思う。

何度か会社へお訪ねした。立派な体格の人で、それで物腰が柔かくて、どちらかと言えばまず童顔という風で——そんなことはおぼろげに覚えているが、どんな材料をとるためにに訪ねて、どんな話をしたのか、思い出せない。ただぼんやりとやって行って、雑談でもして帰ったのでありましょう。あ、そうそう一度芝居の話をしたことがある。その中で羽左衛門は大根だが、あの人柄をむき出しにした舞台がお客を引きつける。ああいう人柄の役者は外にないから、やっぱり名人と言わなくてはなりませんねというようなことをいった。

人柄というのは天性というような意味、素質というような意味に使っているのだとその時私は思ったのを今も覚えている。

個人的にはこんなことぐらいの記憶だが、一度自邸へ招待されたことがある。「味覚極楽」を書いた後で、そのお礼心だったように思うが、ふだんむずかしい顔をして、われら下ッ端記者に、記事関係の人からは蕎麦一ぱいの御馳走になっても首だというようなことをいっている重役の偉い人たちが、一人残らず招ばれて行った。私などは小さくかすんでついて行っただけのことである。

考えて見ると三輪さんは新聞社の大広告主である。この招待を断らなかったのは、記事関係でなく広告関係だからよろしかったのだろう。もとより立派な屋敷で、麴町ではなかったかな。見事な庭に数寄屋造りの離れが一つある。まだ新しかった。木口がよくて、しゃれた物であることなどは言うまでもなく、その離れの一隅に、この頃だってちょいとその辺では見当らない天ぷら屋が出来ているのである。

海老だの何んだの材料が山ほど積んであって、ちゃんと白い料理着をきた職人さんが控えている。その前へわれらのお偉方が何人かずつずらりと腰かけて、この天ぷらを食べる。善兵衛氏は、食べている人たちと、待っている人たちの間を然るべく愛嬌をふりまいて斡旋し、ついでに油の宣伝をしていた。ミツワ石鹸を売ってるばかりでなく、いろいろ天ぷら油なども売っていたからだ。それを宣伝にならず、嫌や味にならず、程よくやる。私はきいていて「これなら記事にしてもおかしくない」と、時々思ったりしたものである。やっぱり偉い人だった。ぎんぽうの皮がしゃきしゃきと歯に応えるほどに堅くなっていたから、もう秋だったのだろう。私はこのぎんぽうの皮の堅いのが天ぷらの中では一番好きだが、こうした場所でむやみに食べては偉方に睨まれる。二つか三つでやめようとしたら、善兵衛氏が、いつの間にか、私の食べぶりを見ていたと見えて、「ぎんぽうは私も大好きですよ。さ、もっとお上り下さい」といってから職人へ、「どんどんと揚げて差上げるのだ」と叱りつけるように言った。結局は十本位も食べてしまったろう。その他には何んにも食べなかった。

よく天ぷらの話が出ると一と握り位の海老というが、私は鮨にしても天ぷらにしても海老はあまり好きでない。この頃は天ぷら屋さんも、周囲をぴかぴか光り輝かせて、海老は塩をつけて召上るのが一番ですよとか何んとかいって、味の素を入れた塩を出したりするが、食べ物は食べる者の好きなようにして食べさせるのが、食べ物屋の極意だ。こんなキザはいけませんな。

で、この話で善兵衛氏も言っているが、あれは好き好きもあるが、やっぱり上手に拵えたつゆへいい大根おろしを入れて食べるのが本筋のようだ。

天ぷら油はあまり熱くては材料がこげるからいけないと言うが、これは材料次第だと思う。不可能なことだが出来得れば、そこに幾つかの鍋を用意し、これにははぜ、これにはあなごというように銘々に油の熱度の変ったものへ入れるのが本当だろう。

この間評判の熱の高い油の店で、きすとはぜを食べたが、同じような味になっていた。私は田舎ッぺえだから味覚は幼稚だが、本当はどんな幼稚な奴が食べても、きすはきす、はぜははぜとはっきりわかるような揚げ方でなくてはいけないでしょう。

新巻の茶づけ

〈東京駅長　吉田十一氏の話〉

御承知の新巻鮭《あらまきさけ》、あれを濃い茶づけ飯で食べることを、私は日頃珍味の第一に推している。しかし東京で売るものは大抵いけない。鮭その物が悪い上に、製法を誤魔化してあるものが多い。北海道の石狩町、つまり石狩川の川口の小さな町で出来るものでなくては、新巻鮭の本当の味はない。越後の信濃川のものも悪くはないが、石狩に比べるとぐっと落ちる。ところが、この石狩物というのが、ごく少しよりとれないので、縁故をたどって、直接石狩へたのまなくては手に入らない。北海道にいても、札幌に住んでいる人では、もうなかなかこの石狩物が食えないのである。西紋別《にしもんべつ》、鬼鹿《おにしか》なども相当な物は出来るが、やはりいけない。あの石狩川口物の「はらす」（腹州＝あばら身）の味などというものは、天下広しといえども、絶対に他にはない。生きているような鮭一本へ、まず二合なり二合五勺なりの一定量の塩をふる。それを新しい塩俵へつつんで、約一週間そっとしておいてから食べるのである。この包む俵が、二度目に使う時には、もう新巻の味は第一の時のような訳には行かない。適当に切って、焦げないようにトロ火で焼く。根気よく焼かなくてはいけない。この皮がまたすばらしくうまい。石狩物は身が白い。切って見てあかいようなものは駄目である。時期は、雪がちらちら降り出した十一月から十二月にかけてとったものに限る。

もう一つ「寒塩《かんしょう》びき」というのがある。身のしまったのを薄く切って、なまで二杯酢で食べてもうまいし、そのまま食べても素敵。酒の肴として、通常の燻製よりは、味に癖がなくて結構である。

北海道のキャベジ、満州の白菜《はくさい》も天下の珍。水戸、宇都宮、名古屋などからも来るが、とても及ばない。私はこの漬物が好きで、満州から白菜を取るのは困るので、今のところは朝鮮から取寄せてやっている。北海道のキャベジも、くきを離した葉を一枚一枚に重ね、その間々にシソを入れて漬ける。東京のものとはまるきり味が違うのである。

坊主鮭

あの頃は宮廷のことが大変やかましいので、陛下がどこかへお出ましの時など、新聞記者がなるべくお側へ接近しようとプラットホームへ入る。それが飛んでもなく面倒だ。こんな打合せや何んかで吉田さんをたびたび訪ねたように覚えている。でっぷりとした愛嬌のいい人で、話もそらさず、うまかった。雑談をしても鉄道の話はあまりしないで、よく食物のはなしをした。前の高橋駅長というのが年をとってやめたが、この人がまたなかなか名物で話も面白く、よく新聞のタネにした。後ちに誤って小石川の江戸川のどんどんへ落ちて死なれた。この高橋さんでも吉田さんでも、その時分の東京駅長はなかなか新聞記者とは親しくて、高橋さんからも吉田さんからも、二、三度電話でニュースを知らせてもらったことがある。ここの駅長にはそういう人を選んであったのだろうが、ぎすぎすした役人らしくない腹の出来た話題の豊富な人が多かった。

私は北海道の生れで札幌にも長く住んだ。北のちょっと町はずれになるところで小さな家にいたが、この家のうしろが畑、そこから五、六間も行ったところに、綺麗なごく浅い流れがある。一丁ばかりも南へのぼった大きな屋敷の中に泉があって、ここで湧く泉が流れ出て来て小川になっているのである。私ども、これを飲み水にしていた。この流れは冬も決して凍らない。雪が降って、一面真っ白くなっても、流れだけは変らない。ここへ、一体まあどこからどうするのか時々鮭が上って来るのである。腹が川の底へすれすれになって、ヒレが水の上へ出ている。それを近所の人がよってたかって捕まえるのだが、多くは夜で、もう寒い時分だから筵《むしろ》で川の上へ小屋を作って、一部へ板を張り渡して、少し隙間を作りその上へ胡坐《あぐら》をかいて、その間から川を覗《のぞ》いていつ来るとも知れぬ鮭を待っている。

そのうちにこの仕事は、あまり家が豊かでない若い人の専業見たいになって、時たま一尾か二尾位つかまえては、近所の者へ売ってくれる。私も買ってきて食べてびっくりした。まずいの何んのって、まずこんなまずい魚はないだろう。味もそっけもあったもんじゃあない。肉が真っ白で、めためたして半分がとけかけていて、舌へべとつくような感じであったと覚えている。それにしても、札幌には豊平川という川はあるが、その川から私の裏の小川までだって町から町の間をくねって相当賑かなところを通る筈になる。それをどういう風にして鮭は突破して来るのか。本当にヒレというヒレはすり切れて、丸坊主みたいな鮭になってやって来る。そして人間に捕えられる。要するに泉の湧いているところまで行きつくつもりで、何十里というものを上って来たのだろうが、さて泉へ行って何にをする気か。別にお腹には子も入っていなかったように思うから、不思議でもあり、感心もする。

吉田さんの話に石狩川口の鮭が出た。これは正におっしゃる通り。私はあれから五里はなれた村で育ったし、祖父が江戸人で食道楽だったから、この一番うまい鮭を食べつづけたことになる。

横綱吉葉山の岳父が今、この私の生れた村の漁業組合の役員で、自分で石狩町まで出かけて行って、網へかかった魚を一尾ずつ見わけてこれを新巻鮭にこしらえさせて、吉葉山のところへ送って来ることは前にも書いた。吉葉山がまた律義で、これが来ると「おじさんところへも一ぴき」といってわざわざ自分で届けてくれたり、使の者をよこしたりする。私は相撲はテレビで見るだけで、あれが勝っても負けても、電話一つかけてやらないが、向うは忘れずにこんなことをしてくれる。

ある時、東京から自動車で材料一切を私の家へ持込んで来て、自分でチャンコ鍋というのを拵えて食わせた。ふんどし担ぎの拵えた物では、年期が入っていないから駄目だ、横綱の拵えたものでなくては駄目だなどと冗談をいって拵え上げて、さあよしというところで私へ大切な客が来た。

「折角一番うまいところを伯父さんが食べなくては何んにもならない。食べてから逢ってくれ」

といってきかない。私はお客へ失礼してこの横綱のチャンコ鍋をたべたが、

「新巻鮭の方がうまいな」

といったら、

「伯父さんは駄目だね」

といって大笑した。

話は余談になったが、全く石狩物のしかも一本選りの新巻鮭というものはうまい。暮か

ら正月へかけてみんなこれを食べるが、ほんものを味わうことの出来る人というのはそんなにいない訳です。ずっと不漁つづきで何本も数える位より獲れないんだから、そこら辺で売っている新巻鮭をたべて、新巻とはかくの如き物なりなどと断定している人は、大概間違っていると思召しいただいて差支えない。新巻は召上っているものよりもっとうまい物であることを、北海道人の名において御吹聴申します。

しかも本場だから安いだろうなどと思われては心外。明治の中頃まで、鮭二本でお女郎買いが出来たものだそうである。漁師は親方の眼をぬすんで、今とった鮭をちょろまかして砂へ埋めておく。夜になって、そっとこれを掘り出して、尻っぽをもってぶら下げて女郎屋へ行く。

「二本では駄目です。三本です」

と妓夫がいう。

「じゃあ、あした漁場へ来い、また二本やるから」

と、そんな交渉をしたものだと、私はきいたことがある。

（昭和三〇・一二・二）

新しいお釣銭

〈日本橋浪華家　古藤《こ と う》嘉七氏の話〉

「しらかわ甘鯛」というのがある。明治二十六、七年頃までは、皮が白いので俗になりんぼと言って、魚河岸ではほとんど手を出すものもなかった。私なんかがそれを使い出して、今ではシケには、一尾十五、六円もするようになっている。東京広しといえども、これを買って行く茶屋はいくらもない。日本橋の「春日」、赤坂の「三河屋」、四谷の「丸梅」、築地の「錦水」、下谷の「江戸っ子」、浜町の「浪華家」、まあそんなところだ。それだけに料理も変った。

「土瓶《どびん》蒸し」を会席へ出しているうちがある。私なども「会席くずし」へは出しているが、あれは元来そんな席へ出すべきものではないので、めし屋のものである。骨を残さなくてはならない魚も会席へ出してはいけない。これもまず、めし屋のものである。しかし今は、こんなものをお好みのお客様が多いので、私などはお金も儲けたいし、そうかと言って料理人としての自分も捨ててしまいたくはない。従って、時には涙をのむような心外なこともある。

全く自分の趣味で料理をつくることを楽しんで行くか、それとも営業本位で行くか。永い間売り込んだ土地をすて、料理の格をごたごたにこわしても外土地《ほかとち》へ出て行く位の考えがあれば、気持はらくである。

私などはもう時世に遅れた。何にかちょっとこたえのあるものを差上げた後で、これなんかはよかりそうだナと思って、あっさりした一口吸い物で出すと、さあ、たいていはお気に召さない。お客はだんだんしつこいものしつこいものと好んで来る。少ししつこい物の後《あと》はあっさりしたものがよかろうと思うとそうではない、しつこいものの後は更にしつこいものを差上げるのを喜ぶ方《かた》が多い。

むかしは私どもは、おはき物でお客の好みを察しては、出して行った。柾《まさ》の細かい日和《ひより》の方、大形な下駄の方、緒の細さ太さ、大抵は、それだけ見ると、お客の様子や好みは知れたが、この節は、みんな靴で来られるから、それがよくわからない。そしてさらりとした和服の時代と洋服の時代では、もう味の好みも変っている。それはおどろく位に変っている。

スッポンの料理を明治四十年頃、私はおわんを三十五銭で売った。今のように絹漉《きぬご》しにはせずそのままを入れたもので、この頃のよりはぐっとうまいものだが、それがまるきり売れなかった。いくらおすすめしても売れなかった。いまこれが持てはやされるのを見て、私はああ変ったなアとしみじみ思うことがある。

内海《うちうみ》の魚も、横浜から浦賀、三浦三崎へかけてのものは、味はうまいが、どうも油ッくさい。庖丁をすうーッと入れるとすぐわかる。大きな魚でも小さなのでもそうである。殊に「いか」などは一番ひどい。そのまま差上げても、たいていの人にはそんなことはわからないが、私はどうしても自分で承知が出来ないので、この油ッくさいのを消すために、ずいぶん骨を折っているのである。海へどんどん重油が流れ込むためだと思っている。

この頃は、鯛は少し皮がかたくなった。保田あたりの甘鯛はいいが、まず、はぜ、きす、などが食い時《どき》である。松茸はまだ目で食わせる時、お客は喜ぶが実はうまくもなんともない。すべて物には「しゅん」がある。その時に出したんでは、もう、いけない。その前に前にと、二歩も三歩も進んで、ただ珍しいだけで、うまくないものをうまいようにして食わせるのが料理屋の工夫であり、またお金にもなろうというものだ。しかし本当のことを言うと、これは食べさせるほうも、食べるほうも無駄な話である。自然の「しゅん」を待てば、労なくしてうまく、やすく、食える。

安政あたりには、立派な茶席の料理でも、鮭の頭を向うづけにしたり、竹の子の粗末なおわんなどを珍重しているし、慶応になっても、向うづけに、大根おろしへ花鰹をふりかけて出したりしているが、この節は魚がどんどん来るためもあるが、世の中がひどく贅沢になっている。もうほとんど日本料理は仕つくした。何んでもかでも誰かがやってみている。乙だとかうまいとか言っても、その人がはじめて出逢ったからの話で、実は乙でも珍味でも何んでもないものが多い。歴史は繰返している。

私はお客様の釣銭には決してよごれたものは出さない。銅貨でも紙幣《おさつ》でも、みんな新しいものばかり揃えて出している。この紙幣の中で一番粋《いき》な一円がこの頃はなくなっているので残念である。料理のあとで、釣銭にごたごたした紙幣やら真黒い銅貨やらを出すことは、出されるほうもいやであろうし出すほうもいやである。やはりお釣りは、銀貨などよりも、ぱきッとした紙幣のほう、あの一円紙幣《さつ》が一番ふさわしいと思う。

明治十六、七年の頃は、御会席一人前二十五銭から五十銭、本会席が一両となると大変なもの。その頃は、東京では桜田本郷町の「売茶」、山谷の「八百善」、星ケ岡の「茶寮」、浜町花やしきの「ときわ」などが全盛であった。

うまい家

「味の素」が、まだあれはまむしを粉にして入れてある、その証拠には川崎か何んかの駅へ行くと味の素行きの蛇の入った箱が沢山積んであって、ある時それがこわれて、構内が蛇だらけになったなどという話が、まことしやかに巷に伝えられていた頃で、鈴木三郎助翁が「味の素を一番合理的に使って料理をうまくしているのは日本橋の浪華家だ」といって私の顔を見る度に宣伝した。味の素は新聞社の大広告主で、そっちの方の関係から小野さんへ何にか話があったと見えて、私は何んということなしに鈴木翁を訪ねていろいろ雑談をして帰ることを仰せつかっていた。

翁は大層丁寧で、逢うたびに味の素の広告は忘れなかったが、まむしが入っていようがいまいが、「味覚極楽」を書いて味の素を取上げないということは出来ないので、私が鈴木翁にこれを持込むと「ちょうどいい都合だ、是非浪華家で逢おう」という。小野さんにきいて見ると「結構だ」という。前にも書いたと思うが、この頃はわれら如き下ッ端記者は、記事を書くについて、対手《あいて》とお茶一ぱいいただいてもうるさかったものである。こういう些細なことでも一々部長のゆるしを受けた。

さて翁と浪華家で逢った。はっきり覚えていないがあまり広くない通りで、家も相当に古かったと思う。翁は広告部長をつれて来ていて二人で一と通り話をしてから、さて浪華家の主人をよんで私に紹介した。古藤《こ とう》さんはすでに頭も禿げていたし眉毛も薄かったようにうろ覚えがある。それにどうも木綿か何にかの黒っぽい筒袖を着ていられたように思うんだが、これは全体の感じでそんな記憶が残ったので本当は違っていたかも知れない。

料理に何にかの「土びん蒸し」が出た。私は「これはあまりおいしくない」といったら手を打って、「おいしいとお思いになったらその方が間違っている。おいしい訳がないのです」といった。「では、どうして出すのですか」というと、「お色取りです」と言ってから笑った。この日は私は何んにしても好都合であった。この場で二人の人から一度にタネをとれるので、頭を二つにつかって話を運びながら料理を御馳走になって帰った。

しかし正直にいうと、全体としてその時の浪華家の料理は、私はあまりうまいとは思わなかった。当時こっちの味覚がはっきり出来ている訳はなく、また家庭では、甘ッたるくなるほど味の素を使いつけているので、これを使って使わざる如く、使わざる如くして使っているというような微妙な料理の味のわかりっこはないのが当り前である。

小野さんが「浪華家はどうだった」というから「あまりうまくなかったですよ。しかし、古いお金のお釣りを出さないというあの主人の客を思う親切な心掛けには全く感心しました」といったら、黙ってにやにや笑っていた。後ちに小野さんにつれられて多分赤坂の宇佐美という家で御馳走になった。「ここの料理はどうだ」というから「うまいです」といったら「浪華家と比べてどうだ」という。「こっちの方がうまい」と答えると「君は田舎ッぺえだから」と大笑した。

それからまただいぶ後ちに、小野さんが小笠原長生さんをここへ招待したことがある。

私も御相伴にあずかった。小野さんは小笠原さんへ「この男はこれで食物のことはなかなかうるさい、それでいてちっともわからないんですよ」といった。

私は最近まで浪華家が芝へ移転したのも知らなかった。この頃になって話を私へしてくれた嘉七氏はずいぶん気むずかしい人でなどという話を人づてにきくが、どうもあまり面白い話をかけないのは、鈴木翁と両てんびんで忙しくタネをとって別れて、それっきりだったからであろう。

（昭和三一・一・一〇）

そばの味落つ

〈医学博士　竹内薫兵氏の話〉

浜町花やしきに「吉田」というそば屋がある。むかしからなかなか売ったもので、このうちの茶そばはまず天下一品であった。ところがひょっこりコロッケーそばという妙なものを売出した。ああいけないなアと思っているうちに、もう駄目であった。そばはぐんぐん邪道へ落ちてお話にならなくなってしまった。下谷池の端の「蓮玉庵」もなかなかうまいもので、十四、五年前は、そば食いたちは東京第一の折紙をつけ、私なども毎日のように通ったが、これも今はいけない。そばそのものの味と下地《したじ》の味とが、どうもぴったりと来ないようになったのである。

神田の「やぶそば」もいいが、ちと下地の味が重い上に、器物に不満のところがある。私の一番いいのは、月並だがやはり、麻布永坂《あざぶながさか》の「更科《さらしな》」で、あのうちの更科そばには何んともいえない風味がある。はじめは「並の盛り」といういわゆる駄そばばかりを食った。

しかしこれを段々やっているうちに、あの白い細い更科の方がよろしくなる。駄そばの方もうまいにはうまいが、味が重いし、舌へ残る気持も、少しべとりッとする。更科は少しあっさりとしすぎる位に、淡々たるところがいいようである。牛込神楽坂の「春月」もいい。もり、ざるそば、何んでもいいが、あのうちの下地に特徴がある。この方の通人にいわせると、そばは下地をちょっぴりとつけて、するすると吸い込むものだというけれども、私はやはり下地を適当につけて、口八分目に入れて行くのがいいと思っている。

信州からそば粉を取寄せて打ってもらって食べることもあるけれども、どうもうまくない。そば屋にたのむものだから、東京式に打つので、自然うどん粉などを入れるのでこんなことになるのではないかと思って悲観している。そのうちに、一つ信州へそば食いの行脚にでも行く考えである。

寿司もいろいろあるけれども、流れる水のような江戸の味を今にそのまま残しているような気持のするのは、人形町へっつい河岸の「笹巻ずし」、玉子、のり、魚の三色だが、塩味がついていて、実にいい。この塩の味のうまさ加減には私はいつも感心している。

東京の会席は、本当の味そのものがうまいというよりは、粋《いき》なもの、乙なものという意味で食わせているものが多いようである。とり合せ、はしり物、器物、座敷、あかりなどで、いわばちょっと誤魔化《ごまか》して食わせるというような調子がある。

麻布の「興津庵」は独得なところがあってよろしい。おわんは殊に結構だが、その他すべていや味のないのをとる。そこへ行くと「星ケ岡の茶寮」は、北大路君は偉い人だが、何んだかこう見せつけるというようなところがあっていけない。料理にも、器物にも、かけ軸にも、おれのところは独自なものだぞと、ただ何んとなくわざとらしい嫌味《いやみ》を私は感ずるのである。しかし、このうちの果物だけは、何時行っても感心する。まことに立派なものである。

「八百善」のおわんもよろしいが、このうちは大体の気持が明るすぎて、少しも「さび」がなくなってしまったのが残念である。山谷時代の面影は残らなくとも仕方ないが、あまりに震災復興趣味になったのを惜しんでいる。田端の「自笑軒」はいい。さびがかって、枯淡な味が、食い物にも周囲にも、ひたひたと来るのがいいのである。日本橋の「灘屋」は有名、芳町の「花家」も、ちょっと食わせるものはうまい。安いこともいい。

菓子は赤坂の「虎屋」、日本橋の「清寿軒」、小網町の「三橋堂」など何れも結構。殊に「虎屋」は昔から苗字帯刀の御菓子師だというが、そんな風格が、どこかに味の上に残っているのも面白い。老舗《しにせ》の菓子屋がこの頃はやり物に、いろいろな新製品をこしらえて売るが、これはあまり感心出来ない。やはり本当の日本伝来の菓子の方が、こしらえ方にも——従って、味の上にも雅味があってよろしいのである。いろいろ虚弱な子供などへやる菓子についても研究して見たが、おかしいことに、百人が九十九人まで喜んだものに「鳩サブレー」というのがある。いわば、やわらかい焼パンでありビスケットでもあるが、鎌倉で出来るものである。三歳以上の子供が頻りにこれを喜ぶので、私もいろいろ味わって見たが、どうも未だによく子供のこのサブレーに対する味覚の働きが判らずにいる。

寸刻の味

竹内先生のところへは何んだか無遠慮にたびたび伺ったような気がするが、記憶はあまりはっきりしない。しかし村松町のいかにも土地に住みついた町医者さんらしい応接間の椅子などが、眼を閉じるとおぼろに浮んで来るような気がする。勿論はじめは子供の病気についての記事か何んかをとりに行って、次第に御懇意をいただいたものだろう。だんだん馴れておしまいには忙しいお方を電話口へ呼び出して気軽にタネをとったような覚えがある。一度先生をおたずねして、当時の下ッ端記者としてのわたしを話していただきたいと思う。

あ、そうそう。この話をきいて確かわたしは直ぐに、話に出てくる蕎麦屋行脚をはじめた。悉く先生のおっしゃることに異議はなかったが、池の端の蓮玉庵の、蕎麦と下地の関係については、それからずいぶん長い間通ったが、いつ行っても行くたびに先生の言葉を思い出して感心した。しかし考えて見ればこれが蓮玉庵というものの独自の「味」だったかも知れない。

ただいわゆる連雀町の「藪」について「下地の味が重い」ということに、わたしは全く反対のものを感じた。重いというよりはどっちかと言えば軽い、いや軽いという言葉は当らないかも知れない。要するに下地が生きている。醤油がだしの中にとけ込まずに生きているという。この説はこのほどは主張出来なくなっているが、当時わたしは「藪は一応薄目に下地を作って冷めてしまってから、ごく僅かのいい醤油をたらたらと落とすのではなかろうか」ということをいったものだ。下地の中で醤油の一部が游離しているなどということは、味覚の方からはどういうことになるか知らないが、あの頃わたしは、あれが好きでよく通った。

永坂の「更科」も先生のおっしゃる通り。だがわたしは「さらしな」よりは、駄蕎麦の方が好きである。書生の頃十二銭の大盛、あれをよく食べた。一度に大盛三つを注文したら、女中さんに笑われた。「とても三つは無理ですから二つにしては」「いや、いいから持って来てくれ」、がやっぱり二つで閉口していると、その美しい女中さんがざる蕎麦につく「わさび」を持って来て「これを入れると食べられます」という。が、遂に駄目であった。駄蕎麦一筋で「さらしな」はあまり淡泊すぎて、味をぬいた素麺《そうめん》をたべてるような、ただ、下地に何にかつけて食べてるというようなそんな感じで感心しなかった。この頃は「更科」へ行かないので、どんなことになっているか知らない。

神楽坂の「春月」は書生の頃から久しく通った。はじめ何んの気なしに入ったらうまい。通っているうちに気がついたのだが、よく天ぷらだの何んだの、吸タネでお酒をのんでいる人が大変多い。大抵行くたびにこういう人を見る。天ぷら、五目、鴨なんというようなものの下地だけをとって酒をのんでいる。後ちに酒のみの先輩にこれを話したら「酒というものは蕎麦でのむと大層うま味が減るものだ、だから蕎麦屋では大抵飛切り上等のものを置く、酒のみは酒をのむためにここへ入る。蕎麦をとっても酒をのみ終えてから御愛想に食う位のものだ。吸タネで酒をのむなどはところが粋な奴が多いのだろうし、酒もよっぽどいいのを出しているな」といった。

わたしは近頃はよく神田神保町の出雲蕎麦へ行く。珍しく思ってたべるためか、今のところうまいと思っている。わたしは「おろし蕎麦」というのが好きでよくこれを食べるが、看板にしている「割子《わりご》蕎麦」、これはつまりは簡単にいうと、盛り蕎麦へ上から下地をかけて食べるのと同じだ。直径三寸位の底のあるお盆見たようなものが一人前で五つ。この器物へそのまま下地をかける。先にも書いたがわたしの師匠の内海月杖先生は蕎麦の大食いで、これを素早くこね廻して電光石火に召上るのが大好きであった。ある時これを真似しろという。なかなか手早く行かない。まごまごしていると「のろのろやっていては味がこわれる。それ位のことがわからぬか」と叱られた。「味」というものは分秒を争うものだ、その変化の妙味が感じられないようでは食物の味は論じられないものだと、やっとこの頃になっておぼろ気にわかるようになった。

だから寿司なども客が大勢で待ちながら、一つ一つと食べる時と、客と職人とが一対一で次から次と食べる時では味が違う。この頃よく「手巻き」というのを食べさせる家が出来て来た。何んでも巻込む海苔巻だが、一切ただ職人の手の内だけでやり、海苔を巻くのに側のすだれは使わない。掌をひろげて一とあぶりした海苔をそれへ置くと、その上へ飯、細く切ったまぐろ、その他好みのものを置き、ぐいと握って、そのまま客の手へ渡す。客もそのまま受けて口へ持って行くという。

海苔がしけるというばかりでなく、寸刻にして変化する味の機微を感じての寿司の握り方の一方法である。

（昭和三一・二・一四）

奥様方の奮起

〈実業家　鈴木三郎助氏の話〉

夏でも冬でも朝は麦めしに味噌汁ときめている。さらさらとした麦飯へ、すうーっと熱い味噌汁が流れて行く味は実にいい。涼しさに向って来ると、なお一層である。

この味噌を、これまで日本国中の産地という産地から取寄せてやって見たが、どうも私には甘かったり辛かったりしていけないのである。仕方がないので今では自分でこしらえて、仕込みから一年たったものを順に食べて行く。旅へ出る時はこれを持って行って、宿屋では、おつゆの実《み》はそのままにして、つゆだけを捨てて自分の味噌を入れ、熱い湯をさして食べるのである。実《み》は時々のもの、豆腐、わかめ、何んでもいいが、少しつゆをうすくした「しじみ」「新茄子」が、まず結構。

沢庵は熱海のものもいいが、新那須の山楽旅館でこしらえるのが素敵なので、これを時々もらうことにしている。熱海のも行くたびごとには小さな樽で持って来る。どこへ行って探してもあんなのはない。二カ所とも不思議にうまいものである。

「唐もろこし」を焼いて、これを肴に酒を飲むのもよろしい。まず伊香保で出来るのが第一、近村のものは、歯から舌へ来る時の香ばしさがぴんと来ないからいけない。

酒は大阪へ行った時に、一々「きき酒」をして買って戻る。桜正宗、大関、白鷹、白鶴、日本盛。東京の酒は私には少し甘口でいけない。私は子供の時に酒屋の見習小僧をしたことがある。この時に毎日毎日きき酒をしたので自然「味」ということに舌が利いて来たが、ただ大阪から買って戻る酒でも、口を切って二、三日目から、もう味が変って来る。これが残念で、いろいろ研究して見たがいかんとも致し方がない。

　料理は東京。長崎、関西——大阪、広島のかき鍋、下関の「しょうさい鍋」など——シナ、西洋と、それぞれに相当なものはうまいけれども、どうも飽きが来る。東京のように、毎日つづけても大していやにもならないというような訳には行かない。

　新橋「花月」の「鯛の目玉のうしお」、鯛の頭の「かぶと蒸し」、これはうまい。築地の「錦水」の「真いかの刺身」「大鮎の蓼酢」など結構。あのいかの刺身は、どこでも出すが、伊豆の下田から白浜のものでなくては、本当の味はないようである。丹後の宮津から来るいかは、鰯を食って育つということでうまいものだが、この頃は、あまりこれを出す料理屋はない。築地「新喜楽」の「味噌吸物」「鯛そば」、日本橋の「浪華家」「春日」、檜物《ひもの》町《ちょう》「やまと」の刺身。京橋「八新亭」の鍋物。麻布「大和田」のうなぎ。大阪へ行って、御霊前「天寅」の天ぷら、鯛の皮のからし味噌、三ツ寺町「福増」の天ぷら。内北浜「いせや」の近江産のすっぽん鍋。本町「丹弥」の鰤《ぶり》のてり焼。名古屋では「川芳」の海魚の水たき、ことにあなご。みんなうまいが、料理屋も五十人百人というお客をするようになってはどうもいけない。もちろん、板場の細心な注意が行届きかねるためである。

浅草の雷門から田原町へかけての夜の屋台、あれは値の安い割合に、すべてうまい物を食わせる。「天松」の天ぷら、殊にぎんぽうなどはなかなかいい。えびの天ぷらは、年中あるが今が一番食べ時、うっかりした屋台などでは、三河から大阪九州辺のものなどを食わされるが、これだけは東京湾のに限るようである。銀座裏のおでんやや一品料理などにもうまいものがある。「どら猫」「はち巻岡田」などというらまい物屋も十人十色だが、まず「岡田」などは万人向きのする方である。

いつか小松（謙次郎氏）さんが話して居られたが、日本橋通二丁目の「香寿司」は実に結構。あの家の玉子の寿司は天下一品である。寿司はまずこの玉子が第一、寿司屋に言わせると、最初に玉子か伊達巻をつまむ人はこわいというが、これは外のものと違って、味のうすいものだから、玉子の調味にはよほど苦心をする様子である。

「まぐろ」もそろそろ「とろ」の季節に入っては来たが、まだまだ「かじき」「めじ」の時代。「とろ」では、まだ舌へベットリと味が残っていけない。淡泊な赤身を、しかもあまり厚くせずに握ってもらう方がよろしいようである。十二月に入ってはじめて「とろ」

のうま味が出る。しかし考えて見ると、軽井沢の「じゃがいも」の白煮でも、大阪の「つるや」で出す有名な「かぶと蒸し」でも、煎じつめると、ところ変れば品変る面白味と、時々に食べるという珍しさが舌に手伝って、その物の味より以上にうまく感ずることが多いようである。従って落着く先はやはり自分の台所で、女房や娘などの手料理を肴に、ちびりちびりと酒を飲むことが一番である。つまり外へ行ってはどこにも得られない、家庭の温か味でうまく食わせるのである。料理屋の食い物がうまいと言わせるのは、いわばまあ、その家の主婦の恥、私はすべての奥様方の奮起を望む。

粋なこと

鈴木三郎助翁は風貌がちょっとこう小柄で、顔つきも何んとなく大倉喜八郎翁に似ていたが、大倉翁は不思議な凄味というか、そんなものがいつ逢っても感じられたが、鈴木翁にはそれがなく、全体の感じがいつも軟かであった。ある時味噌汁の話が出て、私は何にかで旅へ出て宿へ泊る時に、どうせあまり上等なところではないから、朝の味噌汁が冷えていたり、少かったり、不味《まず》かったりで不服だというと、それならこうしろといって教えてくれたのが、味噌へ葱を細かに切ったのといい鰹節を入れて小さな握り玉を拵えて持ち歩く、これなら三日が四日でも大丈夫だから、その宿から熱い湯を貰って、その味噌玉を椀へ入れて、味の素を充分にふりかけ、それへ熱湯を注ぐのだ、こうすると熱いし味噌と鰹節の味が一体になっていて非常にうまいし何杯でも飲めるしいいではないかという。もっともだと思って、それから私は旅へ出る時はこれをやった。ところが伊東の東京館でまだ貧乏記者の私がこれをやっているのを見て、それならば、熱いお汁を鍋のままこちらへ持参しますから、御遠慮なくお上り下さいといって、一人当り三杯でも四杯でも食べられる位に持って来てくれた。

この家の板前の川北さんという方がまた親切で、私の家内へ味噌汁をうまく拵える術を伝授してくれた。これは要するに味噌で味をすっかりとっておいてから、それへ鰹節を一番後に入れて、さっと一度煮立たせるだけで、なるべく鰹節が入らぬように、むしろ上澄みを椀へ盛れというのである。

私の家はこの頃でも家内が時々気が向くとこれをやるが、その時の川北さんの親切がうれしくて、私は長男から三男まで全部新婚旅行はこの東京館へやった。あらかじめ電話をして、あの頃と同じ味噌汁にしてやって下さいと頼んでおく。そして伜たちへは、あの味噌汁は旅館の御主人豊島氏なり川北さんなりの親切というものの味だ、よく味わって来て、あのうま味をこれからの人生行路に生かすのだとお説教をしては出してやった。

さて話はいささか脇道へ入ったが、伊東で思い出したけれども、ちょうどこの『味覚極楽』が出版される時であった。私はなかなかこの校正をやっている暇がない。弱っているると小野さんがうまく暇を拵えてくれて、「二日休んでもいいから、細君をつれて熱海へでも行って校正をやって来い」という。〆《しめ》たとばかり熱海へ行った。その宿賃の工面をした記憶がないから、小野さんが内緒でいくらかくれたんだと思う。とにかく熱海へ行った。「古屋」だったか「露木」だったか忘れたが、そのどっちかである。湯へ入ったり校正をやったりしているうちに夜になった。この頃はひどく騒々しいそうだけれども、あの頃は熱海の夜などというものはまだなかなか静かであった。ふと気がつくと、どこからか上手な三味線の爪弾きが聞えて来るんだ。どうしても同じ二階のどこかの座敷らしい。芸者ではなさそうだしと思っていると、少し嗄れた男の声で唄が付いた。はっきり覚えていないが、たしか小唄だったと思う。今から三十年前だから、小唄もそんなに流行《はや》ってはいなかったろう。ずいぶん長いことやっている。なかなか粋《いき》な人もあるもんだ。あの声の様子ではもう相当な年配らしいから、師匠とか然るべき前歴の二号さんとか、そういう人と一緒にこんなところへ来て、しんみりとやっているんだなと思って、廊下へ出ると、声はその廊下を右へ突当ったすぐである。

何度も湯へ行ったり来たりしてその何回目かの時である。こっちが廊下へ出る、その座敷の襖《ふすま》も開いて、ひょいと廊下へ人が出る。嫌やでも顔が合った。あッ、これは――やあ、君もこの宿か――というような訳で、これが鈴木翁で、連れの人はまだ三十を出たか出ないか、細面の粋な美しい人であった。満更の素人でもなし、といって芸者らしくもなし——。

湯道具を持っているから、こっちはそこで遠慮をして一旦引込んだ。だいぶ経って家族風呂へ行くと、内から翁のお浚《さら》いの声がまだしている。そしていかにもなごやかな笑声ももれるので、こっちは足音を忍んでそっとまた退却した。

しばらくすると、翁一人で、とことこ私の座敷へやって来た。新聞記者などというものは忙しい仕事だから、たまにはこういう風に温泉へ来て心身共に休養するのはいいことだ、わたしなどもそのつもりだと翁がいうから、いや実はこれこれで来ている、あなたのしてくれたお話は、新聞へのったままだが、あれでいいか、と私がいうと、「あれで結構だが、持って来ているならちょっと見せて貰おうか」という。すぐにゲラを渡すと、ベルを押して自分の座敷から眼鏡を取寄せてこれを見て、「結構結構——君、東京へ帰ったらやって来てくれ、少し話があるから」といった。宿で翁のつれた粋な人とは帰るまで二度と逢わず、私は東京へ帰って、小野さんへこの話をしたら「お前さんも年をとったら、それ位な粋な人をつれて、温泉へ行って小唄の稽古をする位にならなくては駄目だ」といって大笑された。

それから半年ばかり経って一度翁をたずねたが、会社に不在だったので、とうとう、それっきりになって再び翁とは逢わずじまいになってしまった。

（昭和三一・三・七）

三重かさね弁当

〈舞踊家元　花柳寿輔さんの話〉

肉類やあまり味の濃いものを食べつづけると、どうも踊りの時に息切れがするようなことがある。野菜だとそんなこともなく、からだの具合が大変によろしい。不思議なことですが、これがぴしぴしとわかるので、私は日頃なるべく野菜食をしております。洋食もすきですが、これを食べて稽古に立つとすぐに疲れてしまう。ですから大きな舞台踊りのある時などはよほど前からこれを食べません。一体が腹のすき加減の方がいいので、夕方から舞台があると三時頃にまずパン位を食べておいて、踊ってからまたゆっくり御飯をいただきます。

弁当は烏森「末源」の朱色に塗った三重かさねが私には一番です。「鶏のうま煮」などの上手な味付けはちょっと外にはありません。鶏は日本橋の「末広」その他いろいろありますけれども、まず浅草の「金田」が第一、あすこの臓物のうまさは素敵です。あっさりとした薄味で、少しもいや味がありませんから、私でさえ五人前位はいただけるのです。女どもでも三人前位食べます。決して量が少い訳ではないので、やはりうまいからだと思います。獣肉は味としてはうまいものも沢山ありますが、どうも何にを食べても少しずつ舌の上にいや味がのこります。

　猪、牛、豚その他鳥類すべて、後まで舌へ油のようなものがからみついているのはいやですが、鶏となるとそれが大分あっさりして来ますが、それでもやはりいくらかは残る。「金田」の鶏はこれをどういう加減か、少しも残さないうまいものです。日本橋の白木屋横にあった「中華亭」のうずらの吸い物はいいものでしたが、今はなくなったので残念に思います。うまいのは、元の明治座前の「八新亭」の西京料理、日本ばしの「春日」、この「春日」は先日来みなさんがいろいろと評判ですが、うまいことは確かにうまいけれども、少し料理をしすぎるというような風があると思います。舞台装置の田中良さんのところで出来る有名な豚料理、おわん、煮込み、すべて豚の料理としてはあんなうまいものはありません。長崎「迎陽亭」の豚のかく煮もよかった。この二つは豚料理として恐らく最上のものでございましょうね。

持って生まれたもの

寿輔さんと逢ったのはこの話をきく時がはじめてで、しかも最後で、あれ以来、一度もお目にかかっていない。しかし遥かにこの人の舞台は、機会あるごとに何十遍となく拝見していて、いつも頭を下げているのである。

最近も「連獅子」を拝見したが、どうです、あの気力の溢れていること。踊りの絶品といってもいいと思う。極り極りに、観ている者の胸元へ、ぐんと懐剣でも突きつけて来るような凄いものがある。私はいつもこの人の踊りを見ていて、やっぱり「心」というものが問題になる、その「心」は更に「持って生れたもの」が問題になると思うことがある。

おとっさんの初代寿助(後ちに輔に改む)は芝居の振付をやっていて、当時この道でその一と睨みで飛ぶ鳥も落とした九代目団十郎に楯をついて喧嘩となって、生涯その振付はやらなかった。そのために、五代目菊五郎のはやっていたが、次第次第に逆境に追い込まれて、晩年は極めて振わなくなってしまったが、糞でも食らえとそんなことは屁とも思わなかった。

寿輔さんはその人の実子だ。逢った時にふんわりとした大きな声も出さないような穏かな人柄を感じたと覚えているが、その血の中には、傲岸《ごうがん》不屈と言われたおとっさんが生きている。——寿輔さんがそうだと言うんじゃありませんよ。——だから、あの踊りが手ぶりの裡にぐんぐんこっちへ迫って来る非常に強い力があるのだと思うのです。

私は「勝海舟」を書いていますが、それはずっと後からのことで、この寿輔さんと逢った時はまだ手もつけていなかった。海舟を調べると、意外なところに寿助というものが顔を出す。維新前だいぶ早くからの関係らしく、恐らくまだ花柳流をはじめず、西川芳次郎といっていた頃からではないかと思う。一方は微禄の家人だし、一方は芝居の振付で売出した頃だから、これはありそうなことである。

いつか木村毅さんに逢ったら「花柳寿助は勝のスパイだったようなところがあるが、そういう疑いはないか」という。これはまさにその物ずばりではないかと私も思った。どうも維新のさわぎで、寿助が勝の密命をふくみ、さりげなく踊りの振付師として諸藩の有志などに出入し、情報を勝へもたらしたということは充分にあり得る。寿助は芝に生れ、大勢力の団十郎と喧嘩するほどの江戸っ子だから、こうあっても当り前だ。

村松梢風さんが「わたしは紅葉館が出来てから、この二人をそこで逢わせたが違っていたかね」といって笑った。どっちでもいいんですが、とにかく寿輔さんのおとっさんは並の踊りの師匠ではない。私などがこんなことをいうのが、いかにもおこがましいが、こう思ってもう一度、今の寿輔さんの踊りを御覧下さい。

そんなこんなで、一度寿輔さんに逢って、おとっさんと勝の関係もいろいろ伺って見たいと思っている。あの時に、もし、私がこのことを知っていたら、面白い話が沢山出たろうと思うに惜しいことをした。まだ不精をして寿輔さんに逢わずにいる。味覚のお話をききにお目にかかったのは、どこだったか、とにかく師匠の稽古場で、前に舞台があったがあまり広いところではなかった。稽古の休み時間を打合せてうかがったのだろうと思うが、それでも美しい人が二人横にいたと覚えている。

「金田」の鶏の話が大変うまそうで、私はその後無けなしの金で女房づれでよく出かけて行った。女中さんへのお祝儀が五十銭ということに定まっていて、帰る時に帳場に坐っている老人が「毎度子供へ有難う」と一風変った言葉のアクセントで礼をいう。いつ行っても同じ調子で、それが不思議に物やわらかな感じになっていた。

二年ばかり前に人に招かれてここへ行ったが、もうまるっきり変っていて、鶏をおいしく差上げますというだけの店ではなくなっていた。はっきりいうと、ひどくまずいという訳である。戦争で代も変ったのであろう。むかしはここの「鶏《とり》さし」はちょっと変っていて、大層わさびは奢《おご》った。どこから仕入れるものか、まず私の知っている範囲では東京中に、あれほどいいわさびを、あれほど贅沢につけて来る店はなかった。

戦争後、東京で食べ物がまずくなったその王様は鶏と牛肉だと私はいつも思っている。スキ焼は、軍服を着ていれば立派だが、実はカリフォルニヤの百姓か何んかの何んにもわからぬあちらさんを対手にして儲け一方にかかったから、あんなことになったのだろう。銀鍋だの何んだのと、道具建てばかり立派にして、ほんとうに駄目になりました。

それにしてもおかしいのは猪の肉までがまずくなった。山野にいるものがこんな筈がない。食通にきいたら戦争中、それからもっとひどかった戦後の人間界の食糧難が山の奥にまで影響した。人間の食べ余りが知らず識らず流れ込むので内海の鯛がうまくて、外海のものはそれがないからまずい。これと同じ理屈で、猪も本当に体力を恢復して、うまい肉になってくるまでには、まだ十年はかかるという。この説、嘘か真か知らないが、あるいはそんなこともあるかも知れませんな。

（昭和三一・四・八）

お茶に落雁

〈赤坂虎屋　黒川光景氏の話〉

松平不昧侯《ふまいこう》が、あの通り大茶人、このために旧城下出雲《いずも》松江の菓子には、いい風格が残っている。煉羊羹が殊にいい。加賀の前田家も代々の茶趣味で、金沢の菓子にもまた独得の風格が伝わった。すべて打ち物上手、殊に落雁《らくがん》はいい。落雁は、もと宮中の御菓子であった。単純に米の粉を固めた時代から、うどん粉時代、それから餅製の菓子の時代、これは甘茶や甘草《かんぞう》で甘味をつけた頃の、ほんの初期のものであった。あの型打ちにしたのを見た公卿が、表面にはいろいろ模様があるのに、裏の方には何んにもない、ああ裏が淋しい、うら淋しいというところから秋の雁を思い、これへ落雁と雅《みや》びた名をつけた。語呂落ちのようではあるが、むかしの宮中の御様子が偲ばれる話である。

お茶に落雁はいいものである。舌の上へさらりと粉が散ったところへ、茶の味が流れてすうーっと行くと、後は光風霽月《せいげつ》、さらりとして少しのこだわりもなくなるのである。菓子の味にはこの趣きが大切である。すべてべっとりといつまでも舌へ甘味が残るのは、菓子の下《げ》の下《げ》に属すべきもので、舌へ載ってにわかに甘味が出ず、無あじの如く淡々たる中に、自然にうす味が湧いて出るのが三昧境である。この甘味の本当の神境は、純日本の砂糖でなくては呼べない。外国から来るものなどの味はどうしてもただ甘いというだけで、風格がないのである。四国の砂糖、ことに阿波の板谷郡松島村という谷間のようなところから出る「和三盆《わさんぼん》」、この砂糖でなくては、すべて本当の菓子の味は出ないのである。

これが今では容易に手にはいらなくなった。値段は一斤一円三十銭はするが、値段より何により品物がなくなっている。この砂糖がなくては、これならばというような菓子は出来ないのである。「更衣《こうい》」という餅製の菓子がある。むかし宮中からお名を賜わった由緒あるもので、その頃は四角、今は小判形になっているが、これはこの和三盆でなくては絶対に出来ない。和三盆がなくなると共に、この菓子の一種他にない風味が永久に失われやしまいかと思われるのは悲しいことである。

ひとくちにお菓子といっても、むかしから名のついたものだけで、二千からある。東山時代にはじめて砂糖が菓子司の手に入り、「ういろう」から羊羹、煉羊羹と進んで、光格天皇の御代には、すばらしい全盛でもあったし、また実にいいものも出来たようである。今のお菓子で、ちょっといいなあと思うものは、大抵この頃のもので、さすがに長い間捨てかねて来ただけの風味は伝わっている。やはり、いいものはいつまでも残る。将来日本菓子が西洋物に押されるとしても、本当にいいものは日本のある限り残るものだと信じている。

徳川の初期には、いまの有平糖、金平糖、ボールなどが、立派な高坏《たかつき》へ盛られて、貴重なお菓子であった。寛永年間には、私のところなどではもうカステーラを焼いていたもので、これも宮中の立派なお菓子であった。当時の小さな木型などが残っている。「最中」、あれは、近頃はずいぶんひどい物があるので、何にか安菓子のように思われているが、むかしは宮中のみやびやかなお菓子であった。ちょうどせんべいのように平ったい直径六、七寸位のもので、いまの最中の皮だけで、うす甘味があったもののようである。まん丸い、平ったい単純なものだが、香ばしい軽い味が想像される。満月のように見えるので「最中の月」と名が付いた。今はこの「月」が除かれてしまった訳である。後に、このせんべいの真ん中へ餡を盛るようになった。それからふたをするようになり、次第に形も小さくなって来たのである。本当の最中を番茶でたべるのはいい。餡も大切だが、あの皮は皮だけで充分に風格のあるものでなくてはいけない。

震災後、東京の菓子はひどくまずくなった。ただあまければよろしいという風なので、この最中のようなちょっとしたところに味のある菓子は、実に無茶苦茶になってしまった。あまいもの必ずしもうまいものでないことは、召し上がる方《かた》もよく御批評願いたいと思っている。

茶人のお菓子は偏している。その茶風によって、深くなればなるだけ、好みに「自分」が出て来る。色ものがいいという人もあれば、色のついたものなどはお菓子ではないようにいう人もある。菓子司が茶道をやることは、この自分好みに陥るのを恐れて、私はこれをやらぬことにしている。益田鈍翁さんは本所の越後屋がお気に入りで、ここで特別におこしらえになる。高橋箒庵さんは小豆をぐっと多くした小倉羊羹がお好みだし、表千家の宮北さんは、そばまんじゅうだけをつかわれる。

「あずき」は大和、殊に「白あん」の白あずきはここでなくてはいけない。しかし、品物も不足だし値も高いので、東京でもこれを使っている菓子司は少いようである。大抵は白ささげ、白いんげんを使う。これはちょっと食べて見ればすぐにわかる。素人衆が、その菓子屋のいい悪いを判断するには、この白餡のものを一つ食べて見るのが一番である。これに白小豆を使っている位の家ならば、まず親切な菓子司ということが出来る。

「羊羹」、これには私どもはずいぶん苦心をする。餡を煮つめている時に、もういいという一呼吸の瞬間がその羊羹の運命を定めるので、じっと眸をこらしてこれを見詰めているのである。ほんの一と呼吸である。それを見誤ったり油断をしたりすると、味は大体同じようだとしても、歯ざわり舌ざわりが承知をしないものが出来あがる。「羊羹」といっても、煉り、蒸し、みず、もち、薯蕷《じょうよ》の五通り。それぞれに変った味で伝わって来たが、餡は「湯煎《ゆせん》」にするのがいい。ただこれでは、一度に十本位より出来ないので、普通釜だきにしているが、直接に火を当てず、いわばお燗をするようにして、釜へ一ぱいの湯、その湯の中へ更に器物を入れて、この中で餡をこしらえる。いいものが出来るのである。「くずきり」などは、これでなくては出来ない。くずそうめんのようなものへ和三盆をかけて食べるのであるが、趣きのある菓子である。煉羊羹は、指で押してみて、ずぶりと入るようなものはいけない。押した指を離すとぴいんとはね返るような弾力がなくてはいけない。

地方でうまいもの。鹿児島の「かるかん」、熊本の「朝鮮飴」、米沢の「のし梅」、京都の「生寿糖《せいじゅとう》」「大原木《おはらぎ》」など。

法学士の羊羹

赤坂の坂のある静かな裏通りにお住居があって、そこの二階でずいぶん長い時間お話をきいたと覚えている。どららかと言えば痩せて物やわらかで、まず芸事の一流のお師匠さんから、こうした人たちがみんな持っているあの独得な強い灰汁《あく》をぬいた、すがすがしい感じの人であった。茶人になる事をきらっていたが、先ずどこから見ても大茶人だ。渋ののった万古の茶器で上等の玉露を自分で淹《い》れてくれて、話が次から次と出て来る。横に、その頃お店の方を取仕切ってやっていた武雄さんが坐っていて、いろいろ話の間合いをとってくれる。この人は今でもあまりべらべらしゃべる方ではないらしいが、どちらかと言えば無口でしかし親切だった。

その後ちょいちょいお邪魔してこの人をよく当時私が受持っていた「雑記帳」という欄のタネに使った。光景翁には養子さんだが、とにかく菓子屋の主人で東大出の法学士というものはその頃はまだ珍しいと言えば珍しい時代なので、充分タネにはなったのである。

「ようかん」の餡を煮ていて大切な時刻になると、徹夜で手を休めずに釜の中を煉り廻している。小僧さんから叩き上げた訳ではないから時々これを遣り損って、光景翁に叱られる。ある時そんな話を書いたら、武雄さんから「よく叱られる法学士は閉口」という抗議が来た。私はずいぶん勝手なことをいったが、武雄さんは腹も立てず、いつも快く対手になってくれた。

こっちが記者をやめてしばらく音信不通になっていたら、突然この人が選挙に出て、とうとう厚生大臣になった。いやこれにはびっくりした。私がよく行った頃の虎屋は、今の場所ではなく、荒格子がはまって入口に長い暖簾《のれん》の下った店内が薄暗い全く昔風の拵えで、お客は店先へ腰をかけて待っているといった具合で、ここで武雄さんがお客を対手にしていた。

虎屋は昔から、職人さんたちが父子代々で伝統と格調を保って来た。男の子で菓子をやるのを嫌がる人は、何にかこう合宿のようにしてそこから思い思いの学校に通わせる。娘さんたちもそんな風にやっていた。古いお店《たな》風の仕組みである。

武雄さんとは、あれっきりお目にかからないが、ついこの頃銀座の店へ寄った時に、ふとこれを思い出して、店員の美しい娘さんに、昔はこうこうだったが君たちはやっぱりそういうことになっているのかときいたら「はい大体昔のままです」と笑いながらいった。

悪く言えば徒弟制というか家族制というか、この若い者が気儘一方になっている御時勢に、昔風をそのまま伝えているとすれば武雄さんもなかなか大変だと思った。だいぶ以前のことだが、小島政二郎さんと一緒に講演に出たことがある。その時、しゃべっていて私がふと光景翁の「落雁」のはなしを思い出した。

今の人は贅沢だ、豊太閤だって揚げたての上等の豚カツなどは食べたことはないだろう。禁廷の人たちだって、威張っていたところでお菓子などはこれ位のものだというところでこの「落雁」の話をしたのである。

壇を下りて来ると小島さんが「今の落雁の話はあれ本当か」という。「さあ、それはわからない、あれは虎屋の主人の受売りだけど、あの人は商売がらさすがにずいぶん研究していようだから本当でしょう」といった。小島さんは「真偽はともかく面白いね」と大変喜んだことがある。

この頃人にきいたら光景翁は御高齢で御健在でいられるという。私はね、ふと思いましたよ。お目にかかった時の物静かさ。人間はああでなくてはいけない。少くとも長寿を保とうとするにはあの静寂を付焼刃ではなしに本当に身につけなくてはならないとね。

それはさて措き、虎屋のお菓子というものは近頃はどうなのであろう。私はいつも「落ちましたね」という。ねり切りの類は持前として拵えて三時間もすれば味が変って来るものだそうだが、虎屋のはこれが少しひどいような気がする。少し商売が広くなり過ぎてしまったからではないだろうか。

やっぱり和菓子屋というものは、小規模でがっちりと、大きな鉄鍋で七日七夜も餡をねったようなものでなくてはうまくないのではないかと思っている。


（昭和三一・五・一〇）

真の味は骨に

〈印度志士　ボース氏の話〉

ライスカレーは印度《インド》が本場、従って真夏にあれを食べるのが一番けっこうなのです。温帯から熱帯へかけ、どこの国へ行ってもありますが、あのカレー粉だけは印度でなくては出来ないものです。熱い国では、すぐに物が腐る、消化もうまく行かない。それで自然の必要から、防腐力の強いあのカレー粉というようなものが出来たので、死んだ野田大塊先生でも頭山満《とうやまみつる》先生でも、ずいぶん思い切って召し上がるが、ついぞお腹をこわされたというようなことはないのです。

日本のライスカレーはどこへ行っても随分まずい。それあ思い切ってまずいものです。ただからくて黄色ければカレーだと思っているのがいけないのです。本当のカレーはそんなにからいものではない、食べる時にすうーっと甘くて、後から少しずつ辛味が舌に湧いて来るのがいいのです。八官町のAワンのカレーがうまいとのことですから食べに行きましたが駄目です。そのほかのところに至っては、まるでお話になりません。上野のあるところがいいということで行った時などは、油くさくって水くさくって、私は一と口たべて胸がむかむかとして来ました。日本の人はこれを平気で食べているので驚きました。

まあ帝国ホテルでこしらえるのが、少し食べられる位のものでしょう。よく南洋などへ行って来た人が「本場のカレーはもっとからいぞ」と言って威張られるので、「本場ってどこのことか」と聞くと「シンガポールで食った」という人が多いので、大笑いするのです。あすこのカレーは労働者相手のもので、安いあぶらを使って、ただ辛い一方にこしらえる。上品な物をこしらえても労働者には辛味が利かないから、むやみに辛くするのです。日本人はそれを食べて来ては、大きな顔をする人が多いようです。

歌舞伎の歌右衛門さんがカレーが大好きで、よく自動車で食べに歩かれる。

どうも一と口にカレーと言ってもなかなか面倒なもので、まず第一に大切なのがバタ、これが思うようなものがなくては充分に出来ない。私もいろいろやってみて、どうも出来合いのバタでは満足出来ないので、この頃は舅父《ちち》（新宿中村屋相馬氏）に、府下千川へ牧場をこしらえて貰って、ここからとる牛乳で自分の思うようなバタをこしらえて、カレーに使っているのです。

物の本当の味は、実にちょっとした所から出て来るのです。ただそれを拵える時の気持だけで、全く同じ材料で同じ時間、煮たり焼いたりしても、ぐっと味が変って来るのです。

心のいらいらしている時や、先に急ぎの用事のある時などは、いかに苦心してもうまい料理は出来ません。

印度《インド》では、台所は非常に神聖なものとしてあって、主婦がここへはいる前には必ず水を浴び着物を改め、気を落着けて行く。決して女中任せになどすることはなく、もし自分ではいれぬ時はなかなかその代りになる女中の資格がやかましいのです。

ライスカレーには、仏教の関係で牛肉は使わない。上流の家では、羊、子羊、鶏など。魚肉も使うが、下流の人は大抵野菜だけのをこしらえる。日本ではこの野菜カレーを上手につくるとぴったりと嗜好に合ってうまいものが出来ると思います。肉にしても魚にしても、骨ごと使わなくては本当のうま味は出ません。あの骨から出る味というものは、どんな調味料を使っても真似の出来ないいいものです。

鶏は少し大きなヒナの一羽四百目位のがよろしい。バタのとける位のトロ火で、まずバタでゆっくりとこれを煮て、骨と肉がちょっとつつくとすぐ離れる位になったら、ひとまず他の器物へ移しておき、このバタへカレー粉やら塩やら、その他ジャガ薯《いも》、玉葱などを入れて充分に煮て、それへ湯をさし、薬味、香料を入れてまたゆっくりと煮てから、すでに煮てある骨のままの鶏を入れて、この時はじめて少し火を強める。この前後に約二時間半を要します。日本ではしきりにウドン粉を入れて、カレーはどろどろにせねばならぬように考えていますが、本当はあんなどろどろした物ではなく、僅かにジャガ薯によってとろりとする位のものなのです。一と口にカレー粉と言っても十四種ほどの物が集まっているので、その各種の分量によって味が大変に違う。従って出来合いの瓶詰粉などでなしに、一品ずつ取寄せてこしらえなくてはいい味は出来ないのです。

肉の代りに、蟹《かに》、海老、鯛、ひき肉なども結構。そしてカレーは、日本のように御飯の上へあんなに一ぱいにかけるものではなく、一方に御飯をとっておいて、少しずつ匙でかけながら食べるのがいいのです。よくシンガポールなどで、労働者が大道のようなところへ坐り込んで、大きな木鉢の中から手づかみで食べているのを見て、あれが本当の食べ方だなどと言っている者があるが、違います。日本で言えば、ひどく不作法なものであって、やはり匙でやるものなのです。

カレーをこしらえる上で一番大切なのは、カレー粉より何により、バタのいいのを選ぶことです。

ボースさんのこと

ボース氏は、割に丈の低いむっくりとした人で、私が新宿の中村屋相馬愛蔵氏へ電話をかけて「お目にかかりたい」といったら、「ちょうど店に来ていました」といって、御自分ですぐ電話へ出られて、「どうせお目にかかるのなら私のカレーを食べて見て貰いたい、それには多少の準備が要るから五日後ちにしてくれ」ということであった。ボース氏は、印度《インド》独立運動の志士で、イギリス政府に首を狙われ、日本へ亡命して来た。イギリスに遠慮をした日本が、この人にまた退去命令を出した。窮鳥懐に入ればなんて鼻っぱしは勿論ない。日本へ来て最初にまず頭山満翁を訪ねていわゆる膝を抱いて頼んであったので、翁が確かに引受けてある。しかしこうなっては頭山翁やそれにつらなる人たちのところへはかくまっておけない。

どういう訳であったか（この訳は相馬氏からきいたけれど忘れました）それまで何んの縁故もない相馬氏に、夜陰ひそかに頭山翁から是非内密でお目にかかりたいとの密使が立った。相馬氏が逢うと、「実は斯々の次第だ、ボースは追放したら直ちにイギリス官憲に捕われて命をとられる。烈々祖国のために立った志士である。どうしても命を助けてやりたい、といってわれわれ同志の間ではどこにかくまっても日本の警察が嗅ぎつけるから、これまで何んの縁もゆかりもないあなたを男と見込んでお頼みする次第である。どうか一つ、このボースをかくまってやってくれ」という。

相馬氏は信州安曇《あずみ》の生れで、かねて一種の気骨ある人である。事情をきいて一も二もなくこれを引受けて、ボース氏を自邸の奥深くかくまってしまった。その後私は一、二度この邸へ訪ねたこともあるが宏大なもので、この奥へ潜んだら、ちょっと外からは発見出来ない。

日本の警察もとにかく捜査はしたらしいが、全くこうした運動などとは何んの関係もない、言わば大商人とは言え一介の新宿のパン屋さんの邸宅である。頭山翁一派とは日頃何んの関係もない。見当のつかないのも当然だ。たとえ多少ついたとしても頭山翁の方から警察へ何分の申入れもあったろうし、外務省辺の形式一点張りの役人などよりは警察には多分に庶民的な義侠的な人もいたようだから、この辺うまく行ったこともあろう。こうしてボース氏が救われて、相馬氏と生活を共にしているうちに、相馬氏がすっかりボース氏の人柄に惚れ込んだ。その頃のことだろう。ボース氏がひどい風邪をひいて寝込んだ時に、相馬氏の令嬢が献身的にこれを介抱したのが縁となって、ボース氏はこの人と結婚した。

私が逢った時は、この奥さんに先立たれてボース氏はもう男やもめであったように覚えている。中村屋の奥二階で、ボース氏自身の手によるカレーを御馳走になった。お話にもある通り、日本のように、うどん粉などでどろどろしたものではなく、ごくあっさりしていて、骨のついた鶏がずいぶん沢山入っていた。

汁はさらさらしていて、御飯の上へこれをかけると、ジャガ薯のとけたものだけが僅かにそこへ残って、肉だの何にかは銘々に独立していたし、香料も充分に利いている。「この香料は何んですか」というと、一々説明してくれたが、それはほとんど印度産の物であったと記憶するだけである。

はじめ口へ入れると、まず、さあーッと甘い感じがして、それから少ししてから何にかこう辛い味を感じて来る。日本のカレーはまず第一に辛く、上等の物になると、その次に甘味が多少来る。ボース氏のカレーはこれと全く反対であった。まず甘く後ちに辛しという。

私はこんな物が好きで、ずいぶんいろいろなカレーを食べても見たが、この時のボース氏の御馳走のような不思議な味のあるカレーはかつて一度も食べたことはない。やっぱり材料の関係でありましょう。

この時の縁故から、中村屋へはたびたび行って食べたが、再びあの味を口にすることは出来なかった。いつか、通りがかりに買物によったら、ちょうど店にボース氏がいた。そこで、あの後たびたび頂戴するが、ちっともうまくないといったら、ボース氏はにやにや笑って、「今度は藉《か》すに小日を以てせよ、そうしたら、あれ以上にうまいものを差上げる」といったが、それほどまでにして食べる根気もなく、それでは「改めて電話をかけましょう」といって別れた。この約束は実行せず、再びボース氏とは逢う機会のない中に、氏は死去して終った。

（昭和三一・六・六）

しぼり汁蕎麦

〈陸軍中将　堀内文次郎氏の話〉

お国自慢信州そば。あれには昔から食い方がある。大根を下ろしたしぼり汁に味噌で味をつけ、ねぎのきざみを薬味とし、それへそばをちょっぴりとつけて食うのである。但しそばはもちろん、大根、ねぎ、それぞれに申し条がある。

大根は練馬《ねりま》あたりで出るような軟派のものではいけない、あんなに白くぶくぶくに太ったのは水ばかりで駄目である。アルプス山麓、あるいは姨捨山《おばすてやま》などの痩土に、困苦艱難して成長したもので、せいぜい五寸、鼠の尾位の太さになっているものに限る、同じ信州でも川中島や松本平のものではやはりいけない。これをゆっくりと力を入れて下ろし、力を入れてしぼると、ぽたりぽたりと汁が出る。肥土のところへ出来たやつは、しぼればしゃアしゃア水のように出るが、これは水飴のように濃くかたまってぽたりと落ちる。こういうのを大根に「のり」があるといってうまいし、第一、ひどくからい。

味は味噌でもいいが醤油でもいい、すきずきだが私は味噌の方が好きである。それへ入れるきざみ葱もまた肥料の充分に利いた畑で出来て、白根が一尺もあるような俗にいう根深は風味がない。大根同様、やせ土に成長して五寸位のもの、信州でも若槻のが一番よろしい。大根をおろす時は「頭をぶんなぐれ」ということわざがある位で、腹を立てて、うんうんいって下ろす位の堅いものがいいので、軟かいものは甘くて、そばの味とはぴたりと来ない。この大根、このねぎでこしらえた汁の辛いというものは眼の玉が飛び出るほどで、従って、汁をたっぷりつけたくもつけられないのである。

大根は皮つきのまま、必ず尻っぽの方から下ろす。これを逆に頭の方から下ろすと、ぐっと辛味がなくなってしまう、不思議なことである。

そこでそばだが、これがまた問題で、信州では実はそばはもう贅沢品の中に入っている。どこもここも桑畑になった。まるきりそばなどをつくるところがなくなった。自然本当のそば粉は非常に少いものになっている。粉は戸隠山の産、これも「そばの木」がようやく六寸ぐらいのものからとる。和田峠付近のもまあよろしい。更科そばというが、もうあの辺ではそばらしいそばは食えなくなっている。長野松本などもちろん駄目、辛うじてそばらしいそばを食い得るのは、今では僅かに一茶の柏原付近ぐらいのものである。

つなぎは玉子、山いも。東京のようにうどん粉を入れて機械でやるのでは、そばとはいわれぬ。永坂の更科なども昔はうまかったが、もういけない。横浜の伊勢佐木町に震災前、

「中村屋」というのがあって、あれはまあ東京付近としてはすばらしいそばを食わせたものであった。そばの真味を知らぬ紳士たちがうまいうまいという軽井沢のも駄目、香もなし、歯へにちゃりと来るのがいけない。口へ入れて、すうーっととけて行くのが本当である。

舌の望郷

堀内さんは号を信水、口八丁手八丁でその頃の軍人くずれというような臭気がなく、なかなか如才なかった。越後高田の聯隊か何んかにいて、日本へはじめてスキーというものを持って来て普及宣伝するというような人だけに、新聞記者などとも交際が多くて、よく私の社へもやって来た。この話も社へやって来たのをつかんで応接室できいたように覚えている。

大変なお国自慢だから蕎麦は何んでも信州でなくてはいかんようなことをいうけれども、話をきいているうちに無性にそうした奴を食べたくなって、その晩家へかえると、大騒ぎで蕎麦を食うということになった。

懇意な蕎麦屋のおやじがあるので、特別にいわゆる手打ちの生蕎麦というのを拵えて貰って、さあ大根だ葱だという訳で、はじめその大根おろしへ味噌を入れた奴を食べたらとても駄目だ。それから醤油にしたがこれも食えたものではない。もっとも堀内さんのいうような本場ものの大根でも葱でもないから、堀内さんがいんちきだとは申されないが、とにかくうまくない。

とどの詰まりは、普通の蕎麦屋の汁で食べてこれが一番うまかった。その時に蕎麦屋のおやじさんが言いましたね。

「あたしらだってただ売れさえすればいいってんで拵えているんではありませんよ。この下地だって、その苦労は並大抵のことじゃあない。ただ大根汁へ味噌をすり込んで、それをつけて食べて下さるお客さんがあったら、すぐに蕎麦屋は蔵が建ちます」

と。

要するに蕎麦の食い方も堀内さんに至ればもうこの道の奥へ入った達人で、われわれはとても駄目だ。適当に鰹節が入り、味醂が入り、加減をして貰ったものの方がやっぱりいいです。

前年の冬、村松梢風さんが、信州の蕎麦打ちの名人をよんで、お宅で拵えて御馳走をしてくれたことがある。いい年配の御婦人だったが、蕎麦粉へ熱湯を注いだだけで延ばす。その手捌きの見事なことったらなかった。たちまちにして布のように延びる。

私ども、じっとこれを見てますとね、その薄い布の真ん中頃が薄くなって、ちょっぴりとほんの小指の先ほど小さな穴が一つあいた。私どもの考えで行くと、延ばしてある奴の端っこを少し千切って、ここへ埋めて、もう一遍押しつけたらその穴はすぐにふさがるから、それでいいんじゃあないかと思うんだが、その婦人――婦人なんていうよりはおばさんといった方がいいかな。この人が、穴を埋めようなんて小細工をせず、全部をくるくると一とまとめにして、また一歩からやり直したのには驚いた。名人ともなれば、心掛けが違うものだとほとほと感心した。

汁は薄加減で、はじめもりで頂戴し、後ちにかけにしていただいた。私は蕎麦が何によりの大好物である。一度病気をしてねた時に、伜どもへ「お前たちがお父さんが一番好きだと思う食物を相談をせずに思いのままにお見舞に買って来い」といいつけて、家内と二人「さあ何にを買って来るだろう。あれかな、これかな」と話し合っていたら、その晩、三人の伜が三人とも、揃ってみんなが蕎麦を買って来たのにはびっくりしたことがある。

その蕎麦好きが無遠慮にお代りをして食べたのだから、村松先生も夫人も定めし驚かれたと思うが、この時は実にうまかった。

私は蕎麦の汁は薄い方がいい。ほとんど湯の中に蕎麦を泳がせたようにしても相当に食べられるのである。薄い汁をたっぷりつけて食べる方がもっとうまい。

堀内さんに軽井沢の話が出ているが、私も評判があまり高いので、よく妙義山の旅籠に仕事に行っていた時分に、自動車で碓氷《うすい》峠を登って、わざわざ蕎麦を食べに行ったことがある。

今はどの辺に当るか忘れたけれど、小さな蕎麦屋さんで、だいぶ待たされたが、出されたものは全く感心が出来なかった。堀内さんの軽井沢のも駄目という言葉には私も賛成である。

信州の長野松本辺りの蕎麦では、不運にしてまだうまい物に出逢わないのは残念である。ほんの生蕎麦がうで出しの玉になっていて、勿論のびている奴を笊《ざる》で熱湯に通し、水をよく切って丼（私の田舎では深い皿）へあけて、これへ熱い汁をかけてその場ですぐ食べる。この汁も鰹節などでなく、小鯖《こさば》か何んかの下手《げて》な物をかけて、ぷーんとその魚の匂いがする。こんなのを食べたいと思うが、私の田舎（北海道の寒村）にももう見られなくなったそうだ。夜鷹蕎麦という。年をとると段々味覚は生れ故郷へ戻って行く。何んだか淋しくなる。


（昭和三一・七・五）

高島秋帆先生

〈麻布大和田　味沢貞次郎氏の話〉

高島《たかしま》秋帆《しゅうはん》先生が江戸へやって来て、ある処で天ぷらを食べた。ひょいとみると海老のかたわらに手頃のくわいが一つ付いている。「さすがは江戸っ子だ、こりゃ気がきいている」と、先生手をうって喜んだ。ところがそのくわいをちょいと口へ入れると、にわかに眉を寄せて、「ああいけない、もう少し心を用いてもらいたかったな」といって、しみじみと嘆息した。主人が不審に思って「どうしてですか」ときくと、「お前は海老とくわいを同じ鍋で揚げたからいけない」と教えたという。

むかし「八百善」から出ている「料理通」という本の序文や跋をみても、あの頃の文人墨客学者などには、本当の食通が多かったようである。抱一が山谷に招かれて初鰹の刺身を出されたが、それに庖丁の金味がついていたといってしかったのは有名な話。つまり、あの刺身庖丁は前日にすっかり砥いで、一日清水へつけておいてから魚へ当てる。こんな人が多かったのだから、従って料理をする者にも充分張合いもあったけれども、近頃は、食べる方もこしらえる方もお互いにそんな訳には行かなくなっている。天ぷら一つ揚げるにしても、海老と野菜を同じ鍋、同じ油で揚げたかどうか、ちょっと舌の上ですぐに味わい分けるような人は、ごく少くなってしまっている。本当をいうと、あれは海老なら海老だけ、あなご、ぎんぽう、きす、総て一といろで一つの鍋と油をかえてかからなくてはいけないものである。

江戸へ各藩から来ていた御留守居役というものは、ひどく粋なもので、連日連夜の宴席で贅沢三昧の限りを尽した上が、料理なども、ああでもない、こうでもないで、実に面倒であったようである。その代り、よくわかったし、本当に趣味をもって料理を味わうというところもあったらしい。

御留守居と、名料理人との逸話なども沢山あるようだが、私も母から面白い話を聞いている。あるところへ四、五人の御留守居が集まって一つ料理人を苦しめて遊ぼうではないかということになり、台所へ、醬油とか鰹節とかいうものの外は一切与えないで、料理人へ「何にかうまいものをこしらえて出せ」と命じた。座敷では御一同が酒をのみながら今か今かと料理の出るのを待っている。しかし台所には、料理にすべき何物もないのである。

折柄の夏。粋なうつわへ水に浮かせたうまそうな豆腐の冷ややっこが出て来た。口上に「これは後ちほどまでお箸をおつけにならぬように」という。見たところ一抹の涼風、こんこんとしてその間から湧いて来る。通人たちは、見た目だけで満足して、ちびりちびりと盃を味わっている。そこへまたお椀が出た。すうーッとひとくち、もとよりうまいものである。当りは上乗。御一同は感心しながら、その実をじっと見たが、鰹節を細長く切ったようなものが五、六本入っているが、何んであるか皆目見当がつかない。前歯でかちりとかんでみる、ちょっと香ばしいような、魚ともつかずそれかといって野菜でもない。「なんだろう」といっているところへ料理人が入って来て「旦那方はどうもひどい、こんな不漁では何にも出来ませんからこれで御辛抱下さい」との挨拶である。

種を明かすとお椀の実は、台所の庚申様へ上げた庚申松、あの若松の皮をむき、しんをとったところを、すうっ、すうっとうすく削り下ろしたものである。冷ややっこは新しいふきんをたたんで浮かせ、それへ庖丁の目を入れたもので、これは食べられない。ほんの料理人の腕を見せたもので、あるいはつくり話かも知れないが、料理人と客の呼吸が、ぴったりと合ったおもむき深い話である。

料理にはまず材料、それから調理、器物、周囲の有様となるのだが、この周囲の様子が食べるものの味に影響することは大きなもので、この頃丸の内の東京会館で牛のすき焼きを食わせるが、電燈がうす暗いためにどうも物足りない。間接照明だとか、すりガラスを通しての光りだとかは、いいものだが、どうも牛のすき焼には不向きである。あんな食べものは、もっとぱっとした明るいものでなくては私には感心が出来ない。

さて、ひとくちに料理屋といっても、御会席宴会茶屋、いわゆるうまいものや惣菜やといろいろある。従って料理にも、それぞれの向き不向きがあって、生味をそのまま生味として食わせるか、あるいは生味を失わぬ程度に、ある変化を見せて食わせるか、そこに相当の問題がある。

惣菜やは生地のまま生っ粋の味を食わせるところに生命がある。うまいものやはこれへ適当な腕を加えながら、なお生地を失わぬものを上乗とする。御会席、宴会茶屋にいたっては、器物座敷その他料理を助けるいろいろなものが合致してはじめてその価値があるのであって、これは食物本位とはいわれない。四谷の「丸梅」は近頃だいぶん噂に上っているが、要するに惣菜やが会席風の真似方をしているものである。惣菜やでいかにも惣菜やらしく心地のいい行き方をしているのが築地の「中善」、本人がもと浪花町にいて食道楽の限りをつくしたので、通人にはすべてがぴったりと来るようである。味噌汁などのうまさはちょっと他に真似手があるまい。煮物は何んでも上手、小えびの煮つけ、甘鯛味噌漬の一尾焼、あくまで生地で行くのがいい。

うまいものや。日本橋に「春日」「浪華家」「かしわや」、浜町の「浪華家」もいいし、京橋の「嵯峨野」もいい。ただ「春日」は少し料理をしすぎる嫌いがある。生地の味をなくしてしまうほどでもないけれども、品によっては何にかこう菓子を食うような調子がある。呉服橋の「浪華家」は上方料理へ、ちょっと主人の気骨というようなものが加わっているようで面白いものを出す、いい料理屋である。新場橋通りの「かしわや」はもと「八百善」の板場、いまだに江戸式をじみに行ってあっさりとした味わいが、またうまいものである。会席茶屋は人に知られたものだけでも「新喜楽」「錦水」「花月」「八百善」「万安」「松本楼」、赤坂の「三河や」「宇佐美」、白山の「柳川亭」、柳橋の「亀清」「柳光亭」「福井楼」、浅草の「一直」など、限りなくあるが、「料理」だけを切り離して論ずることは、この方面では無理である。

上野の「山下」も、惣菜やとして気持のいい家である。池上秀畝氏などもよく行くと聞いているが、ちょっと家族づれなどで晩飯をたべるには結構である。吉原帰りの客を相手にしていた浅草の「岡田」も、もとは大へんうまかった、味噌汁と栗のきんとんが評判であった。同じ人のよく集まる場所だが、あれで浅草と上野ではちょっと趣きの変ったところがある。浅草はうまくても売れるし、うまくなくても売れる、高くても安くてもいい。そこへ行くと上野は選ばれるようである。いいものでなくては売れないところに、同じ人出の中心といいながら面白いところがある。

日本一の鰻

味沢さんは木綿の筒袖に細い角帯をしめて、がっくりと腰を落として話した。

麻布の六本木を東南へ斜めに下った狭い坂の中途に、高い板塀で「大和田」があった。

この人の料理通はよほど知れ渡っていたもので、小野さんが「大和田をやったか」と私へいった時は、私はとっくにこの人と逢っていたので「やりました」という。「誰からきいて行った」「方々であの人のことはききましたよ」といったら、黙ってうなずいた。話好きで、庭へ向った小部屋だったように思うが、次から次と原版ものの和本の料理書を出して来て、大袈裟にいうとこれを堆《うずたか》く積んで、あれよこれよと本を出しながら話しつづけた。

お昼ちょっと前位に行ったのが、黄昏《たそがれ》近くまで話したと覚えている。話の中途で「鰻丼を拵えて来るから」といって席をはずし、やがてその丼を御馳走してくれた。うまかった。

私は田舎者だから、鰻は丼にした方が好きなのである。この時の「大和田」の味でいっそ丼好きに拍車がかかり、今でもよく方々で鰻丼を食べるが、これはと驚くようなものには出会わない。こっちの味覚も多少違って来たろうし、板前もすっかり変ってしまったのだろう。

去年の夏、築地の「宮川」へ伜と立ち寄ったことがある。この伜が水貝が好きで、夏でも冬でもよく食べる。ちょうど献立書に「水がい」とあったからそれを頼んだら「出来ない」という。ないのかというとそうじゃあない。「お二人前なら出来ます」という。つまり一つの鮑を切って一人前だけ出して、後にお客がないと残りが無駄になっては困るというのである。世の中は、あれだけの店構えをしていて、そんなしみったれなことをいうようになってしまっているのである。昔のようなうまい鰻丼を望む方が間違っているのだろう。飯の上へ蒲焼の鰻が入ってさえいれば、それが大威張りで特上の鰻丼で通る世の中だから、能書も何にもあったものではない。

味沢さんから鰻の講釈をきいて、それから間もなくである。私が行きつけの木挽町の「竹葉」の本店で「どうか一つ食べて見て下さい」といって、いろいろな違った土地の鰻を御馳走になったことがある。白焼だの、蒲焼ではなく、てり焼風にしたのだの、次から次と大小いろいろな鰻が実に沢山出て、一番最後に「おわかりになりましたか」という。「わかりませんな」「そうですか、一番先の白焼が霞ケ浦、次のが琵琶湖、その次が酒匂川の下、次のが上流で——みんな味が違いますよ」という。

口惜しいが私にはどれもこれも同じで、湖の鰻も川の鰻も食べわけることは出来なかった。本当にわからなかった。今日もしああいう機会があってもやっぱりわかるまいし、第一もうあんなに沢山鰻を食べることなどは出来ない。ただ、霞ケ浦の鰻が、外のものに比べて肉が厚かったのをはっきり覚えている。

鰻というものは、方々によく「日本一」がある。だいぶ昔だが静岡の何んとかいう家のものが日本一で、何々氏が、そう折紙をつけたという。徳川家康がいたし、御維新には江戸から、武術や何にかはちっとも出来ないが、そういうことには至って贅沢な旗本が移住していたのだから、ひょっとすると、そういうこともあるかも知れないと思って、家内と二人でわざわざやって行ったことがある。見ると二階建ての料理屋風で、女中がべらべら袖の長い着物を着て出て来る。「これあいけないな」と思ったら、案の定、日本一にも二にも問題にならない鰻だった。浦和の近くの「だいたくぼ」の鰻というのもその日本一の口で、私も二度やって行った。最初の時は妙義山からのかえりで、子供たちと一緒だが、まだほんの茅葺《かやぶ》きの百姓家で土間の入口に赤土で枠《わく》のない直径六尺もあるような大きな井戸があったり、そんな訳だからその水がいかにもまたつめたそうで、そうした環境で鰻をたべる。皮が厚くて、しゃきしゃきと歯にこたえる。私はまた天ぷらのぎんぼうでも何んでもこんなのが好きなものだから、うれしくなって食べた。たれは砂糖味のまるで無いといってもいい位のものであった。が決して評判するほどうまくはなかった。

二回目はそれから何年か経ってからだが、もういけませんや。座敷を安料理屋風に普請をして、やっぱりべらべらした女中がいる。この頃きくと芸者も呼べるのだそうだが、この時すでにそのきざしがあって、鰻もまずかった。

この家の裏に池がある。鰻を待っている間に、ぶらぶらそっちへ行って見ると、鰻を入れて来た千住鮒金《ふなきん》と書いた笊が幾つもある。客が多くなったので、この辺の地《じ》の鰻だけでは間に合わなくなって、千住から仕入れているのだ。もっとも浦和辺の池にそんなに沢山の鰻がいる訳がないのである。それっきり、ここへは行かないが近頃はどうなっているか。外の土地から養殖鰻を仕入れて来ても、その池の水に不思議な力があって、四、五日もそこへ入れておくと天然物と少しも違わなくなるということはあり得る。「だいたくぼ」が今もまずいとは決して言いませんよ。

（昭和三一・八・一〇）

梅干の禅味境

〈医学博士　大村正夫氏の話〉

梅干を一つ、真ん中へ入れて米からとろ火で粥《かゆ》をたく。私はこれを梅干粥と称しているが、うまいものである。必ずとろ火でやらなくてはいけない。梅干はふっくりとふくらむし、粥にはあっさりとした塩味がついて、何んともいわれぬいい味が出る。

この梅干、古ければ古いほどよろしいので、友人たちへたのんでいろいろ探してもらったら、東京医科大学教授の田村憲造博士の家、愛知県二川町の旧家だが、ここに明治二年に漬け込んだという約六十年前の、珍しいものがあって送ってくれた。田村君のところでは、この明治二年から三年四年と年代順に一年も欠かさず貯蔵してあるが、ただ明治二十七、八年の分だけは一つもなくなっているそうである。これは日清戦争の頃のことで、戦地の食物に困るものだから、日本国中の梅干という梅干は、片っぱしから戦地へ持っていってしまったのだという話。明治三十年頃から前になると黒みがかった濃い海老茶いろになってかたまっているが、その味は、実に枯淡なもので、明治二年のを梅干粥にしてしみじみと食べてみて、梅干の味もここまで行くと禅境に入っていると思った。あれはやはり小田原産のがよろしい。水戸のもいいが少し落ちるようである。近頃は小田原産と称しその実は水戸から持って来るものがずいぶん多いが、これは食べればすぐにわかる。もちろん新しいものよりは古いもの古いものと行って、段々枯れた本当の味が出て来る。粥にも一つ「茶粥」というのがある。お茶を袋に入れて、米のうちから一緒にたくもので、これもいい。

栃木県大田原の納豆はよい。山形の田舎でこしらえるものもいいし、水戸の納豆も評判ではあるが、大田原に比べてはぐっと遜色《そんしょく》がある。小粒で、ねっとりとしている調子から、口へ入って、少しも焦げ臭いようなあの妙な感じがなく、ふうーっと漂う独得の香はなんともいえない。一体が納豆はやはり寒い国のものである。

私は糖尿病の医者でありながら自分でも糖尿病をやっているので、飯に代るべき豆腐の食い方についていろいろやってみた。妻などもいろいろ考え出したりしているが、これには昔から「豆腐百珍」「続豆腐百珍」などの書があって、いろいろな料理を書いてあるので大変に都合がいい。しかし、どうも出来そうで出来ないのは、料理で、本の通りにやってみて、あるちょっとした呼吸から、かたまるものがばらばらになったり、さらりと来るものがねっとりしたりして、相当の苦労はするが、ここがまたなかなか面白いのである。むき身に味をつけて、これを水を切ったやっこ豆腐の上へ、肉おぼろのように乗せて食べるのはなかなかうまい。私のところではビフテキ豆腐だといって笑っているものだが、豆腐とわずかの味噌とざく切りにしたねぎの白身とをこね合わせ、これをヘットで狐色になる程度にいためるのもいいものである。豆腐に缶詰の「かに」を細かにほぐしたのをすり鉢でよくすり交ぜ、それを湯婆に包んで、かや油なり胡麻油なりで天ぷらに揚げて食べると、シナ料理のような味の行き方ではあるがこれもまた結構である。「こはく豆腐」、あれもいい。よく水を切った上に玉子の黄身を入れてすり合わせ、丸めて、ヘットか胡麻の油で揚げる。それから豆腐に片栗粉を交ぜて、一度ゆでてから、おつゆに入れてもいいし、クルミ油などで、いりたててもうまい。賽の目にして水をきり、油で揚げて、生醤油とか、ゆず酢とかちょっとした薬味とかをつけて食べるのも簡単。胡麻油を煮立てておいて、それへ豆腐をつかんで入れ、醤油をさし、葱の白身を入れて、その外、大根おろし七色唐辛子で味をつける。俗にいう「雷豆腐」。「南京豆腐」、あれはただ醤油だけで味をつけただけだが、ぐっと複雑な味が出ていい。

この外「豆腐百珍」を見ると実にいろいろなものがある。尋常品としての木の芽田楽（味噌に甘酒を少しすり交ぜてつけて焼く）から、通品、佳品、奇品、妙品、絶品と、六通りに分け、例えば酢の中で豆腐をほそく切ったのを結ぶというようなロ伝的ななかなか面倒なことも少なくない。豆腐は九十パーセントまでは水分だが、ことにこの百珍の料理は砂糖を少しも使っていないので、糖尿病で、御飯や砂糖をあまり食べてよろしくない人にはいい食物である。

私は「せりのおひたし」が好きで、よくいろいろな土地のものなど集めて食べてみるが、天下第一は浅間山麓上州地蔵川の産で、ほんの少しより出ないが、その香の高いこと、しかも高潔な軽い味というものはどこを探してもあんなのはないようである。雪が一ぱい岸に積っている、そこへこんこんとわいて流れる地蔵川の、その泉の近くに一月から二月にかけてひょっこりひょっこりと出る芹《せり》である。一と月遅れてはもう味も香気もぐっと減るが、二月中旬にこれをとって、実にいろいろな苦心をして東京へ届けてもらう。おひたしよし、ごまよごしよし。

北海道の「鮭のすし」、うまいものである。すしといっても飯の上へ魚をのせるのではなく、いわば一種の押ずしではあるが、大阪ずしともまた違う。飯にうすい塩味をつけ、これへ、ばらばらにしたすじ子、薄切りの「しょうが」などを入れ、飯と二分位の厚みに切った鮭とを不規則にまぜて、樽へ重石をして漬けておくのである。売るためにこしらえたものも、香料などをいろいろと使い、鮭と飯の並べ方なども綺麗にしてあっていいが、どちらかといえば、家庭の食用に、田舎の漁師町の相当の年配の妻女などが念を入れてこしらえたものの方が、粗雑ではあるが却って味のよろしいのが多い。あちらの人は、これへちょっぴり醤油などをつけて御飯のおかずにもするが、酒の肴としてなお結構である。筋子は半分白くなり半分生のままになっているので、これをぽつりぽつりと拾い食いながら酒をのむのはなかなかうまい、漬けた飯だけ食べてもうまいし、鮭だけ食べてもうまい。しかし一緒に食うのが本当のようである。そぎ身に下ろして皮がついているが、その皮がまたなかなかうまい。新潟でもこれは出来るが、味が私には一体に少し甘過ぎていけないし、このすしの一番面倒な飯の加減が、やはり北海道物ほどには行っていない。やわらかからずかたからず、あれは面倒である。出羽の本間家では例年あれをこしらえて東京の知人などへ送るようであるが、杉の箱へぴしりとはいって、更にこれをブリキの缶で包み、箱を開けると、すしの表面に人参の紅葉があったり、いろいろな花の形がついていたりしてまことに立派なものであった。

富山の神通川でとれるますのすしもうまいが、私は鮭よりは味の品格が一段落ちるように思っている。鮭のすしもやはり、十二月中旬にとれる石狩を中心にした地方のがいいし、例のあら巻鮭も石狩物が好きである。東京には一月末などになると、どうかした拍子に、魚河岸へこの石狩あら巻の本場物がはいって来ることがある。腹が赤くむらになっていて、背中に黒斑点のある鼻のぐっと内曲りのしたやつではあるが、焼いて、どうした訳か味がだいぶ落ちている。

　この鮭の背骨のところへずうーっと長くなってついている「背わた」を塩漬にしたのが「めふん」といって、背わたの塩辛、これもまたすばらしいものである。瓶などに漬け込んで一、二年経ってから食べるのだという話だが、酒の肴にはもちろん、少し濃い位のお茶を入れた茶漬飯のおかずに結構、たきたての飯へ少しずつのせて食べても結構である。あちらではこれが何にか大変くすりになるものだといっている。


　酒は関西。大阪の「たこ梅」というおでん屋で出す菊正宗、西の宮の「角屋」でのませる日本盛、いずれもすてきである。いつぞや谷崎（潤一郎氏）と一緒に大阪中を飲んで廻ったことがあるが、酒だけは銘だけで一般的にほめたり、けなしたりは出来ない。一に出して飲ませる家による。「角屋」へ二度目にいった時に日本盛を註文したら、「生憎《あいにく》樽底ですがよろしゅうございますか」と聞いた。樽底の酒はちょっと困るので断わって戻ったが、酒をのませる家にはどこでもこれ位の親切はほしいものである。

　谷崎がこの日本盛を小樽に入れて東京へやって来る。私が自慢で食わせるのが本郷春木町の天ぷら「天満佐《てんまさ》」、ようやく畳二枚を敷く家だが、私はいつでも東京一だといっている。第一値が安い。高い材料を使ってやる家も、よろしかろうが、仕入れはその主人のさかなを見る眼の如何によるのだから、割合に安くても立派なものを買って来るところに腕がある。この「天満佐」の主人の眼が、要するに安くてうまいものを食わせることになる。油は胡麻よし。かや油がうまいというがあれは素人天ぷら屋のやることで、やはり胡麻油でなくてはいけない。これで揚げた天ぷらで「角屋」の日本盛をちびりちびりとのむのである。伊豆大島の椿油で揚げるのも軽くてよろしいが、大ていは「さざんか」をつかまされるので、私は島の人へたのんで本物を集めているが、なかなかお客をして揚げるほどに集まらないので弱っている。

東京が威張っても料理はやはり関西にはかなわないと思うが、ただこの「天ぷら」と「うなぎ」だけは、いうまでもなくこちらの方がうまい。震災前にあった日本橋の「柳や」、おばあさんがしゅうしゅういわせて揚げていたが、うまいものであった。小松謙次郎さんの話した「高七」も、その頃はよろしかったが今ではもう駄目である。上野の「天新」も実際よかった。

うなぎはたれの味の系統からみて、京橋の「小満津《こまつ》」と新富町の「竹葉《ちくよう》」は同じ流れ、麻布の「大和田」と「大黒屋」は同じようである。味はすきずきだが、どうもあの「たれ」を何十年貯えてあるのなんのということは、私は嘘だと思っている。きのうのものを今日食わせるというようなこともあるまいが、そんなに長い間貯えてあっては臭くてたまらぬ筈である。

甘納豆が例の「わらつと納豆」のように変化すると非常にうまくなるということを、藤《ふじ》原咲平《わらさくへい》博士から聞いた。先年博士がノルウェーにいる時、同じ気象学の関口博士が日本からおみやげに栄太楼の甘納豆を持って来てくれた。印度洋《インド》を廻って来たのだが、約半年ぶりでふたを開けてみると、それが自然本当の納豆になっている。ちょっと気味悪かったけれども、折角の日本の味を捨てるのも惜しいので一つつまむと大変うまい。甘納豆を甘納豆として食べるよりもぐっとうまくなっている。ねばり、舌ざわり、甘味、すべて上乗なので、博士が日本へ帰ってからも、これを食べたいと思い、たびたび甘納豆を納豆にするために苦心しているが、どうしても出来ないとの事である。

これは印度洋などの関係で、うまく何にかの菌が出来たもので、私も食べてみたいと思っているが、まだやってみる機会がない。

東京帝大で生理学をやっている橋田邦彦《はしだくにひこ》博士が外国で「さんしょ魚」をビフテキのように焼いたのを食べて、すてきにうまかったということをきいて、一度食べてみたいと思っている折、幸田露伴博士のところで、ひょっこりこの話が出て、シナの「蜀志」という本にこれを食べることが書いてある。どうしてやるかというと、その食べ方が面白いといって話してくれた。あの魚を柱へしっかりとくくりつけて、それをびしびしと強いむちでひっぱたく、苦しめば苦しむほど、それだけ結構なので、いわばなぶり殺しにするようにして打つ、そうすると「さんしょ魚」が白い脂汗をかいて来る。これがこの魚の毒で、すっかり出してしまってから料理するということである。この話は後で木下謙次郎《きのしたけんじろう》氏の「美味求真」にものっているのをよんだが、友達とも話して是非一度これを食おうと思っていたら、最近偶然にこれを三びきみつけた。ある学者が実験用に手に入れたものが、要らなくなったのだが、いよいよ十一月に入ったら産卵期前で一番うまいとのことなので、この試食をやることにしている。食い方がわからないので、目下料理の古い本をさがしたり、古老にきいたりしているが、「ちり鍋」のようにして食べるのがどうもうまそうである。

北海道の山の谷間のいささ流れの中などで捕える「さりかに」（さるかに）、千葉の稲毛海岸でとれる「もくぞうがに」、いずれもうまい。ことに「もくぞう」はほんのちょっぴりしか身がないので、これも相当な量を食べることはなかなか贅沢な話である。「さりかに」は醤油の付焼として甚だ結構である。

「かまぼこ」は静岡、きすがいい。もちろん鯛などと言っているが大ていはきすで、このきすの方が看板にする鯛よりはうまいのである。殊に「かま徳」というのがよろしい。小田原もいいが大体静岡風で一階級落ちる。土佐の「棒かま」もいいが味はやはり静岡にとどめをさす。

静岡興津辺の「鯛」、関西方面の「まながつお」の味噌漬。あれも結構であるが、実はうっかりするととんでもない物にぶつかることがある。これは通りがかりなどで買うと場違いの朝鮮辺の鯛が入っていたり、ことに樽へ詰込みの日付のわからないために、詰込んでまだ新しいというものはいいが、少し日数の経ちすぎているのは如何とも始末におえない。大体がこうした魚の特殊な貯蔵法をしたものは、本当に「うまい」という日は一日か二日しかないものである。つまり、なれがぴたりと利いたその日である。だから厳格にいうとたった一日しかないので、私は少し早目のを送ってもらって、一日一日と少しずつ食べてはふたをし、また食べてはふたをし、そんなことを繰返すことは珍しくない。「ああうまい」という日には、もう少ししかなくなっているというようなこともある。

「わさび」も静岡、近年信州にも沢山出来ているが、まるきり味が違う。第一すり込んで行ってねっとりする。申すまでもなくあれは醬油へ入れてぱっと散るようなものでなくてはいけないので、どうも信州物には辛味がうすい上に、いつまでも下地の中でごてついている憾《うら》みがある。商人が悧巧になって信州産を、わざわざ静岡の安倍あたりへ遠廻りに送り込んで包装をこしらえ、全然静岡物として売り出すが、摺るまでもなくちょっと見ただけですぐわかる。信州ものも、段々よくなって来てはいるが、静岡物とは見てわかり食べてみてなおわかるので、味が静岡物まで行き、わざわざ遠廻りの汽車賃を出さなくともよろしくなるまでには、まだまだ相当な時日を必要とするであろう。

東京薬研堀《やげんぼり》の「大又」で十二月から一月に食わせる七、八寸の「大ふなのすずめ焼」、大阪宗右衛門町の「みやけ」の牛のヘット焼、両々相対してうまいものだと思う。ヘット焼は牛肉のあつい四角に切ったのをヘットで焼き煮にして、大根おろしをつけて食べるのだが、肉の内部がビフテキのように赤くなっていて、その味はすてきである。神戸方面も牛肉料理はいろいろ自慢にしているが、まず日本国中このヘット焼が第一だと思う。

大倉翁の主治医

今の新橋駅前の新富ずしが、その頃は今のところから少し西へ寄った細い露路のとばッ口に、屋台の差掛けのような構えで立食いでやっていた。毎日三時頃からはじまった。おやじさんが少し風変りで、「吾人の鮨は――」とか何んとか言って握っている。鮪がとてもうまくて、貧乏記者の私がよく財布の底を叩《はた》いて食べに行った。「ね、お前さんは出世をするよ。鮨を食う人間はみんな頭がよくなる。会社でも何んでも一番出世の早いのは、大抵ふだん吾人のところの鮨を食っている人だよ」などといった。今はほとんど見られなくなったが、その時分はよく名人気質というか何んか食べ物屋にはおっかないおやじさんがいたもので、悪く言えばはったり、脅かしで食わせるという人があった。

「何んだ、こっちは客だ、商売じゃあねえか」などと野暮なことをいう仂《なか》れ。新富さんも「あんな食べ方をする人間に吾人の握る鮨がわかるもんか。この鮑なんぞは煮てあるが、味はちゃんと生きているのだよ。釜うでで死骸になった鮑じゃあないんだ。こんな鮑を東京中、外で食べられたら首をやるよ」なんかという。ある時は、普通の屋台鮨だと思って迷い込んで来た素人のお客が、外のお客のためにつけて出したものを横からひょっとつまんだことがある。これはつまむ方が勿論悪いが、おやじさん、この客を睨みつけた。「おい、あまりがつがつしなさんな、黙っていても、こっちでお前さんの前へ出してやるから」といった。脇にいたこっちがはらはらした。

この屋台の左手に小さな丸い卓があって、椅子を一つ二つ置いた狭いところがある。大村博士はここへ陣取って、鮪のさし身でよくお酒をのんでいる。ひどく脂《とろ》のところが好きなようであった。あまり大酒家ではないが、長い時間ちびりちびりとやっている。これがほとんど毎日であったのではないかな。私は用事があると、ここへ行って逢った。ついでに自分も鮨を食う。新富は高い高いとはいわれたが、三円あれば満腹した。

「味覚極楽」が終ってからも、よく博士に逢ったというのは、博士が大倉喜八郎翁の主治医だったからで、すでに家督を喜七郎さんに譲って隠居はしていたが、九十一歳の実業界の巨人大倉翁の死ということは、新聞記者としては見逃がすことの出来ない一つである。

その詳細をそっと博士からきく。「どうしてどうしてまだまだですよ」「あの老人まだ精力はありますか」「さあ。どんなものですかな。御高齢ではあるが決してないとは申しませんよ。しかし女のことについてはひどく秘密にしてますから、秘書は勿論身近の人でも知りませんな。勿論わたしも知らない」「八十歳をすぎて浅野総一郎の妾《めかけ》がどうとかしたとか、赤坂の半玉をどうしたとか、いろいろ話になるが、大倉翁も相当な者だというだけで具体的なことがちっともわからない」「それはね、あの人は芸者とか何んとかそんな者は嫌いなようだからね、表向きにはぱっとしないんではないかな、これはあくまでも想像だけど」

こんな話を何度やったか知れない。夕方ひょっこり新聞社へやって来て、何気ない雑談をして帰ったり、頻繁に逢ったが、私が博士のお宅を訪ねたのはたった一度だったと覚えている。従って、お宅の様子も、その時何にを話したのか、まるで記憶にない。

そのうちに大倉翁が朝鮮へ渡って山駕《かご》で金剛山へ登るという。この話は、翁の秘書からと博士からと一緒に私の耳へ入った。とにかく九十すぎて金剛山へ登るという。大したものだ。博士はこれに随行して一緒に金剛山へ上るのである。

帰って来てから二、三カ月も経ってからだと思う。私は博士へ「ああいう金持の主治医として一緒に金剛山へ登ったんだから、先生はどの位の報酬を貰いましたか」と、やっぱり新富鮨の店で訊いたことがある。博士は「それがね、未だに一文もくれない。いくらくれるのかもわからない」という。「先生も呑気だが、大倉も出し吝《おし》みですね」「待ってるんだがくれませんな」と大笑した。私が途方もないことをきいたのは、新聞記者とてこういう場合のことを一応心得ておきたかったからである。

私は大倉翁には、接近していたが、この博士の話で、それから心をとめて「大実業家の金銭に対する心理」と、まあ大袈裟にいうとそんなものに気をつけていると、大倉翁という人は、やるべき金でも対手が請求しなくてはやらない。その代り請求してそれが正しいものならすぐ出す。そういう人であった。請求すべき権利を持っているものが、請求しないということは、その権利の上に眠っているのだから、こっちの知ったことではないというのが、大倉翁の心理のようであった。

私は大倉組の副頭取としてあの大を為さしたと言われる門野《かどの》重九郎《ちょうきゅうろう》翁にも未だに親しくしていただいているが、翁もやっぱり大倉翁を非難するという意味ではなしに、かつて、私と同意見の意味をもらされたことがある。

話が横道に入って大倉翁のことになってすみません。ずいぶん親しかった博士と、おしまいの方ではどんなことになったのか、まるで記憶がない。新聞記者の次から次と新しい事件を追いかけねばならぬ生活のために、いつしか疎遠になってしまったものと思う。大倉翁が九十二歳で歿したのは、金剛山踏破の翌年、昭和三年の春である。あの赤坂の屋敷の廊下の石畳がまだ妙に冷たかったのを覚えている。

（昭和三一・九・一〇）

料理人自殺す

〈伯爵　寺島誠一郎氏の話〉

パリのある公爵が、同じ食通の友人たちを呼んで一夕の宴を張る。料理人はこのために生命をけずる思いで献立をこしらえた。その中に北の方でとれる有名なブルタニーの海老がある。ところがどうしたものか大切な時間になってもその海老が着かない。助手たちはいろいろな海老を持って来てそれで間に合わせようとしたけれども、料理人は頑としてそれを却け、いよいよという時間になってとうとう自殺してしまったという話がある。すべて料理人にはこの心持が大切である。まずい料理の味を人々の舌へ残すよりは、むしろ生命を捨てようと決心したこの話の主人公の意気は、「安い定食だからどうこしらえてもよろしい、いや、これは高い料理だから上手にこしらえよう」などという考えの人の多い今日から見て、面白いことだと思う。

値段の高いもの必ずしもうまいとは限らない。珍奇な料理もまた左様である。真に「うまいもの」はすべての人の手の届くところにあるべきである。料理人が本当に精神を打ち込んでこしらえてくれてこそ真のうま味があるもので、値が高いから、珍しいからということは、美味の条件にはならないのである。縄のれん屋の味噌汁一つにしても、落着いて吸ってみて、本当にうまい日と少し妙だなァと思うような日がある。お茶などを点《た》てても、らっても、その人が常に絶対にうまいという訳には行かない。こしらえる人、たてる人の心が、何にかの調子で時に一抹の暗雲となって味の上に漂うことがあるからだと思っている。

両国薬研堀のどじょう屋「富重」は、安くてなかなかうまいうちである。六、七十銭で充分に食える。ことに白味噌で鯨の皮を実にした俗にいう「皮じる」、骨をぬいたいわゆる「ぬき」など、すこぶる結構。骨を抜かなくとも食える人は駒形の「どじょうや」もうまいというが、私は骨のあるのは食えないので、「富重」でやっている。こうして話していても、あのうま味の余韻嫋《じょう》々《じょう》たるところが舌の上を走るようである。

ひもかわ、きしめん。あれも安くしてうまいものである。神田小川町の「尾張屋」、愛宕下の「きしめんや」がまず双璧《そうへき》、いろいろなものを食べて、何にか変ったものをほしいと思う時など、私はよくぶらりとこれを食べに行く。実にいい。

京橋の実業ビルの地下室に「ケテル」というのがある。純粋のドイツ料理で、ここで食わせる小豚の股から脚へかけての肉でつくるアイスパインは、まず東京では他にちょっとないうまいものだ。ドイツは一体が、ビールに添えて食べる物は発達しているが、殊にこの豚料理はいいようである。道玄坂の「二葉亭」、渡辺彦太郎という人はとにかく簡単に本当の洋食を食わせてくれる唯一の人である。十七年間も外国で食通の多い外交官相手の料理をやって来たというが、いかにもその一品一品に料理人としての「良心」が籠っている。珍奇な一皿でも、安い平凡な一皿でも、自分の良心にかけ、名誉にかけてこしらえるから、うまくもあるし、うれしくもある。三円の定食をゆっくり味わってかれの「心」を買ってやってほしい。横浜の公園脇にあるジュウランというフランス人のやっている「クレセントクラブ」。あれはあちらの家庭料理であるが、うまい。ごく、とはいわれなくとも、充分うまく食える。二円五十銭の定食で、とても食い切れぬほどに出してくれる。どう見ても日本人なら七、八円はとるところ、「こんなに食べさせて損はしないか」ときいたら「損はしないが利益は少い」といっていた。

フランスのいわば縄のれん屋でトリップというものを食わせるところがある。炭をかんかんおこして、こんろの上へ小さな鍋をのせ煮ながらふうふういって食べるもので、日本の牛鍋と同じである。実は肉をこんなにスキ焼のようにして食べるのは、日本ばかりだと思っていたら、フランスでこれを食べておどろいた。うまくもあるし、またなかなか粋なものである。煮るのは臓腑類、ことに豚の臓腑、あれを開いて、少し早い流れ水のところへ晒《さら》しておく。水の力で自然に綺麗になるうちに、内面が、うすいじゅうたんのように細かく毛ば立って来るが、これを二寸位にぶつぶつと切って、ひとまず熱い湯で煮てから、オリーブを切ったのと一緒に、油で煮ながらやるのである。外国でこんろの上で肉をつく風味は格別である。

アメリカのバルチモーア。メリーランドスタイルのスッポン料理は、ちょうどこちらの「重箱」で食わせるように、少し酒を入れて「つゆ」ではなしに煮あげたもので、非常にうまかった。それからフィラデルフィヤの「シャッド」、あれもちょっと日本にはないうまいものである。これはデラウェヤ川でとれる一尺五、六寸位の魚だが、新しい杉の板へ乗せてテンピへ入れて焼くもので、その杉の香が魚に移って、一種いうにいわれぬかおりの高い料理になる。みんなその魚をぽつりぽつりと楽しんで食べていた。

英国米国の料理は、まず日本でいえば江戸式で、大体があっさりとして、魚なり肉なりをそのままの味で食わせようとしているし、フランスへ行くと、料理人が充分に自分を加えている調味がこちらの関西式である。その代り野菜物の食べ方となっては全然反対である。「さやいんげん」にしても、フランスでは熱い湯へ入れて、フォークでついてみて、そのフォークの重味だけで、いんげんが沈むようになるのを手頃として、これを上げ、そのさめないところへバタをのせて、良い加減バタがとけた頃に、塩、胡椒をふって食べる。それが英米となると二、三十分もぐたぐた煮て、更に味をつけ、油でじゃあじゃあいためつけてから食べるという風で、野菜その物を食べるとしては、フランスの方があっさりしていてうまいのである。これはちょうどまあ料理がくどいからこの方があっさりし、あるいはあっさりしているからくどくなるという自然の取り合せから来たものであろうと思う。火がどんどん燃えていて、その上でいろいろな料理をしているそのすぐ前で食べるグリルルームの料理はいずれもうまい。ちょっと様子は日本で俗にいう「突ッ込み屋」であるけれども、客は立派な紳士ばかりで、通常の食堂よりは高級である。日本の屋台立食いなどとは反対の現象になっている。東京で上方料理の突ッ込み屋の少いのは惜しいが、四谷大木戸に「ふくべ」というのが一軒ある。東京式の荒い味をやりつけている時に、たまに出かけるとまた変っていてよろしい。

寺島の御前

この人と柳沢保恵さんと溝口直亮さんとは頭の恰好から頬から顎《あご》、妙にこうよく似たような型で、今、ちょっと思い出しても甚だ紛らわしい。寺島さんもやっぱり鼻眼鏡をかけて、おしゃれで、いかにも外交官仕込みという匂いの高い人であったと覚えている。この話の材料はどこでとったのかはっきりしないが、何んだか霞ケ関の華族会館の厚いカーテンのかかった応接間だったように思う。

ちょっと油断していると外交官でフランスにいた話だの、外国廻りのひとり合点の話にそれて、なかなかこっちのほしい食物へ話を持ち込んで行くのに厄介だった記憶がある。それからしばらくしてその頃の貴族院の海老茶の絨緞《じゅうたん》を敷いた廊下で逢ったら、「君は政治記事もやるのか」といってしげしげ私の顔を見てから、「どうだ富重の皮じるを食べて見たか」ときいたことがある。

話をきいた時に、うまそうだと思ったが、ついまだ行かずにいたので、そう言ったら「よし、それでは近々に僕が御馳走しよう」といった。

が、御馳走になろうとも思わなかったが、ついぞ誘ってもくれなかった。今日も当時もそうであろうが、その頃の政治家にはこの「近々に」という手をよく用いたものが多かった。「近々に飯を食おう」という。人の顔さえ見ればそんなことをいうのである。それを近飯《きんめし》居士といって、何人かその道で名を売った人があった。

「井上の近飯《きんめし》がね」とか「大山の近飯《きんめし》がね」とか、新聞記者は名前をつけて話したものである。富重の「皮じる」はどうしても食べて見たかったので、一度行ったことがある。白味噌などというものにはあまり馴れていなかったためか、そんなにうまいとは思わなかったが、一緒に行った女房は、ひどく感心した。これがわからないで「味覚極楽」などをよく書いたというから、癪にさわってお代りをして、今度はよくよく味わって食べて見たが、やっぱりそんなにうまいとは思わなかった。まず少し気を入れたら家庭でも出来るという程度に私は思った。多分物の味がわからなかったのであろう。

富重は近頃はどうなっているか、やっているなら、改めてこの鯨の皮じるを味わって見たいと思う。

泥鰌《どじょう》の「ぬき」の話が出ているが、これは話をきいて私もすぐに出かけて見た。駒形の泥鰌の丸煮は、確かにうまい。薄い鉄鍋、鍋というよりは板のようなもので、それへ手頃に煮て持って来るのを、そこへ出してあるざくざく切りの葱だの七味などを加えてまた煮ながら食べる。あの頃は確か十三銭だったように覚えている。これを何枚か食べたら、尾籠《びろう》な話だが、不浄の時に、お尻の中がちかちかした。

車屋さんだの労働をする人だの、そうかと思うと旦那と一緒に来ている柳橋辺りの粋な人だのと、一緒にずうーっと畳へ敷いてある板膳へ向い合って食べるのだから面白い。

私は近頃も行ったが、丸鍋も少し落ち、名物の玉子汁も少し落ちていた。これは味噌のためのようだ。

泥鰌と言えば深川高ばしの「伊勢喜」は、この駒形と昔から覇を争った「どじょう」屋だが、泥鰌の外に鯉料理だの、玉子焼だの、うなぎの蒲焼だのをやるためか、やっぱり泥鰌の丸鍋は、駒形に比べて一、二枚落ちる。しかし柳川鍋はまず両者ちょぼちょぼというところ。もっとも昔は駒形ではこの柳川は拵えなかった。

ひもかわ、きしめん——。私は大体麺類は好きだから、神田小川町の「尾張屋」は昔から知っていた。仰せの通りあれはうまい、愛宕下のはその頃はどうも少し落ちた。双璧とは行かない。このほど、「尾張屋」へ行ったが、悲しいかな、これも昔に比べてだいぶ味が落ちている。いい鰹節を使わないのではないか。昔、あの家の前には、よく削って一度だしを取ったと思われる鰹節の花が、真新しい莚《むしろ》へ拡げられて乾してあって、その横に、使った割箸をぴかぴかに洗って大ざるへ入れて乾してあったものだが、近頃もあんな光景は見られるかどうか。

それにこの家のいけないことは、丼の出し入れの窓から見える台所の釜前が、薄暗くて電気が小さくて、いかにも佗しいし、店の辺へ何にか道具類などをいろいろ置きっぱなしにしてあって、こういううまい物を食わせる家にしては甚だ心が通っていない。

この頃は渋谷駅の方へ移ったというが、ここへ出て来る道玄坂の「二葉亭」へは時々行った。ただ、ここの悪い癖は名士の来ることを鼻にかけて、われわれ下々の者には食べさせるぞというような調子が時々出た。

私の友人が、何にか料理のことを訊いたら「それは寺島の御前《ごぜん》に伺って見てから御返事致します」といったといって大変腹を立てていたことがある。小野賢一郎氏は名代の食通で、よくこの二葉亭をほめたが、その時に私はおやじさんもおかみさんも「何々の御前」をあんなに有難がるようでは、料理の腕も知れたものではないですかと、当時生意気をいったものである。

東京も近頃はいい塩梅にこの御前階級がいなくなったが、その代り、有名食通が沢山出来て、これがまた昔の御前階級のような禍をまいている傾きがある。銀座裏のある洋食屋で「何々先生がゆうべも見えて、これをこうこうおっしゃった」、だから、これは日本一うまいものだぞというようなことをいうのがある。当人は大変お天狗だが、食べてみてそんなにうまくはないことが多い。故に私の願うところは、自他共に許す有名食通は、むやみに小料理屋のおやじなどをほめて貰いたくないということである。お世辞褒めと否とに拘らず、褒めることは百害あって一利無しではないでしょうか。

（昭和三一・一〇・五）

蒲焼の長命術

〈竹越三叉《たけこしさんさ》氏の話〉

うなぎの蒲焼をおみやげにもって帰る、どうもあのふっくりとしたところが乾いていて、しぜんかたくなってうまくない。何んとかもとの味の調子をそのままに食べるうまい方法はあるまいかと思っていろいろきいてみたら、昔よく贅沢な役者などがやったというのがあった。やって見るといかにも結構である。

土鍋へいい酒をいれて、強い火の上へかけて、はしでどんどんかき廻している。熱くなるに従ってアルコール分がたって来るのを待ち、それへマッチで手早くさっと火をつける。青い火がめらめらと燃えるが、またぱっと消える。また火をつける。それを幾度も繰返しているうちに、いくらマッチをつけても火が出ぬようになる。この前後が約三分から五分位。その熱いところへ蒲焼を入れて約一分。引上げたら、静かにたれをかけて食べる。あたたかく、やわらかく、なかなかうまい。ただ、これをやると、うなぎの味が少し軽くなる。私のようなやや淡泊な味の好きなものはこれが一層結構であるが、味の濃いのを好むものは、中ぐしを食いたいなら大ぐしをこうした方がよろしい。これによると、午前中にもって来たものを午後にたべても、少しも変りはない。

日本の料理としては本当に自慢の出来るのは、まずこのうなぎ、それから天ぷらにさしみ。そういえば西洋のものも、味らしい味はビフテキ位のものである。よく地方などを歩いて、この土地の料理はどうだろうと思う時に、日本ではお菓子、あの蒸羊羹を求めて見る。あれがうまければその町の菓子はうまく、ある程度の文明を持ち、根底をもち相当な金持が住んでいて、従って料理もいいものがあるということになる。外国ではアップルパイ。これは蒸羊羹と同じに、簡単な材料で、ただ手加減一つでこしらえるものだが、これが結構なら大てい外のものもうまい。

菓子といえば、砂糖は御承知の通り秀吉時代の終り頃に来たものだが、その前は甘味は、主としてあずき、柿、栗などでつけていたもので、当時焼栗だの柿だのは立派な菓子として尊重されていたもののようである。秀吉のところへ、時の帝の御幸があった。このことを記した公卿の日記などを読むと、御料理の中にこの栗などをお菓子として差上げたことが書いてある。

考えて見ると当時の王侯貴族といえども、現代のようなうまいものを食うことは出来なかったに相違ない。この点において百円の月給取りは、味の上では古の将軍と栄華を同じくしているということにもなる。有難い御代である。

古来美味は専制の遺風である。何事も心のままならざるなきところから料理の名人を集め、金を惜しまずにこれをつくり上げた。フランス料理のうまいという根源も、ルイ十三世、十四世二代にわたる専制栄華のもたらしたもの、シナ料理にいたっては勿論である。

友人、偕楽園主人に「どうも君のところも、元亀島町にいた時のように行かなくなった」といったら、「いや実は今は万人向きのするように折衷《せっちゅう》した、どちらかといえば日本式のシナ料理をこしらえているのである。それなら一つ、充分腕を振った本当の味を差上げる」というので一夕小石川に招ぜられた。

澄ましスープが出る。米つぶのような小さなものが茶碗に百粒ばかりも浮かんでいる。味わってみると、鳥にあらず、野菜にあらず、軽い味で実にいい、これこそ天下の珍味であった。「こんな旨いものが出来るとは思わなかった」といって笑ったら、「力を入れればどんなものでも出来るのだ」といって説明した。

シナ四川省の蟇、これを乾かして持ってくる。手足をもいで、腹の真ん中に黄色く固まっている脂を取り出して、ごく細かくして熱湯へ入れる。この蟇は朝鮮人参を食わせて養っておくものだそうであるが、実にうまいスープであった。だから、あすこの食物は駄目だとか、上手だとかいう批評は、どうもうっかりいえないと思った。

先般シナ旅行中、北京のコンチナンタルバンク頭取のところで出された料理はすばらしかった。味もいいが非常に贅沢を極めたものであった。贅沢のあるところに美味があり、権力のあるところに美味がある。関西が関東よりも料理においてひいでているのは、金持という小権力家、贅沢家が、むかしから関西に多く住んで、自然の間に現在の美味料理を作ったものである。

交詢社の洋食

三叉先生はいつもいい地質の荒いチェックの洋服を着て、派手なネクタイで、大変なおしゃれであった。美男だし、様子がいいし、若い頃は定めしもてたことだろうと、話しながらよく思ったものである。

いつも交詢社でお目にかかった。大記者として、記者心得というような話がよく出て、私は大いに得るところあったということになる。

先生の名著『二千五百年史』を読んでいていつかこの話を持ち出したら、肩を叩いてほめてくれて、「今夕はここで御飯を差上げる」といって招待して貰った。その交詢社の洋食はあまりうまくなかった。ここへ集まる金持はこんな物をたべているのか、われらの食べるおでんやどじょうの方がよっぽどうまいと思った。三叉先生は気どった手つきで何にか青い色のお酒をのまれたと覚えている。先生の話は何にを教えて下さっても大体が少しむずかしかった。不思議な漢語もずいぶん入ったし、フランス語らしきものも入る。こっちがそれをわかりもしないでわかったような顔をしてきいていたのだから、考えて見ると図々しい話である。

この「味覚極楽」をきいた時も、話が少し固くなって、わからないところもちょいちょいあって、それをほぐして記事にするのに多少骨が折れたことをまだ忘れずにいる。何にか話にテーマを拵えて、それをむずかしい言葉で解いて行くといった恰好で、うっかりきいていて、そのテーマをつかみ損ねたら、全体が何にが何んだかわからなくなるという話し方の人であった。

むずかしいことをいうのでは、同じ大記者だった徳富蘇峰《とくとみそほう》翁にも多分にその共通点があるが、われわれと逢った場合、翁のははじめから一々細かに教えて下さるというお心持があるらしいから、いろいろ訊き易くもあったし、訊けば、御自分でその話の出典まで持って来て教えて下さった。三叉先生はそこまでは行かないが、両先生には全く似たところがあったと今も思っている。

うなぎの蒲焼の話は、先生からうかがって私も、今日の長きに及んで、お土産などを頂戴した時は実行している。酒を燃やして、それへつけるということは、割に簡単で効果がある。

この話を書いた時に、わざわざ電話で交詢社へ来いというから、何にか叱られるのかと思ったところ、「ノートをとらずにあの話をあれだけ書けたのは偉い奴だ」といって、また例の交詢社料理を御馳走して下さった。

その末に「うまいか」という。私は率直に「わかりません。強《し》いて申せばうまくないと思います」といったら、「それが本当だ、ここの料理は拙いのだよ」と呵々《かか》大笑した。少し面長で輪郭の正しいあのお顔をほころばして笑われたその時のことをまだはっきりと覚えている。

（昭和三一・一一・一）

料理人不平話

〈宮内省厨司長　秋山徳蔵氏の話〉

東京は器物をそこへおいたまま箸で食物をつまみ上げてたべる。関西は器物を手にもって、すぐ口のそばまで運んできてたべる。従って関西はおつゆがたっぷりついて舌の上へ来るし、東京はつゆは置き去りにして物だけが来る。

関西はこんなことから古来おつゆにしっかり味がついていて、ふくみ併せたべて、本当の味が出るようになっており、東京はつゆはいわばおまけで、「物」へしっかりと味がついている。東京の人が関西のをたべて、よく「少し塩味が足りない」というが、あれは食べ方を知らないのである。関西の人もまた東京のをたべて、つゆをたっぷり含ませてやるから、「少し塩が強い」という、これも間違っている。東京人は関西のものの、味の半分だけしか舌へのせず、関西人は江戸っ子料理の、添え物まで舌へ持って来ているのである。

こういう食べ方で、料理を批評されることは、こしらえる身になって見ればずいぶん不服がある。例えば洋食のスープ、日本のお椀などでもそうだが、出されてからなかなか食べない人がある。洋食よりは日本食がひどい。お椀などつめたくなってから吸って、「こりゃまずい」などというのは、まことに残念な話である。熱いものは熱いうちに食べるのが一番うまいようにこしらえてある。ことにポタージュ・スープなどは、運び出す前にクリームやバタで、も一度味をつなぐようにしてあるので、これがちょっとでも冷めたら、もういけない。それを女中にからかっていたり、隣人と話し込んでいてお椀を冷やしてしまう人は、もう食物をうまいのうまくないのという資格はなくなっている。

本当の料理屋の女中というものは、食べ物を運び出すことが一つの技術になっている。料理人も一生懸命、いま自分の手元を離れてお客の前へ行くまでには幾分かかる、それならこれをこういう風にしてやろうといろいろ苦心をする、それは食べる方には夢にも知らぬ苦心をする。女中も、それを飲み込んで心せわしく持って来る、さあ客が食べない、料理人は心を籠めてこしらえた物は、それだけひどくその料理の運命に心をかけている。食べたかしら、まだ食べないかしら、その心配は一と通りではない。時にそっと女中に耳打ちして「もう食べたかどうか」というようなことを見にやることさえある。そんな時に「まだ食べない」ときくと、もうがっかりして、本当に涙を落とすことも少なくない。折角こしらえたものが手つかずに戻って来る、あるいは半分食い残して戻って来る、こんな時の料理人の心持というものは、実際また何んともいえない淋しさである。その反対に、熱いものが熱い間に食べられてお椀の戻るのを見た時や、すべて綺麗になっている時のうれしさは、何にかこう大きな声で叫びでもしたいようにうれしいものである。

会席のお膳の時などに、全部の人へ出済まない中は行儀よく待っていて、さてそれからやる人がある。あれは困る。一つ出たら一つずつ、片っ端からさっさとやってもらいたいのである。そうした上でうまい、うまくないの批評ならば料理人は喜んで受ける。

料理は大てい熱いものがうまい。シナ料理が大体において、料理もうまいには相違ないが、熱い物が多いということもその一つの原因にはなる。湯豆腐、鯛ちりなど、料理としてはすこぶる簡単であるが、何時食べても、またそんなによろしい材料を使わなくてもうまいのは、熱いところを鍋から口へすぐに持って来るからである。料理屋などでよく湯豆腐をお椀へ入れて、綺麗にこしらえて持って来るが、うまくない。どんなことをしたって鍋からすぐに引きずり上げて食べるような訳に行かないのは当然である。牛肉のすき焼だとて同じことである。あれが皿へもったり椀へ入ったりして出たんでは、あんなにうまいものではあるまいと思う。

大道おでんのうまさも、あの熱いのが一つ。元来おでんというものは非常にうまいものである。あれを値が安いものという悪い習慣があるために、こしらえる方も充分材料に金をかけられぬ、食べる方も少し馬鹿にしてかかる、あれがいけない。うまいところも沢山あるが、銀座松屋横の「山平」、服部時計店うらの「大たこ」、日本橋の「たこ安」、その他人形町、神田、牛込、浅草、柳橋などに沢山ある。浅草のお座敷おでん「竹園」は軽い味でうまい。同じ土地に居ついた古い店などは、なかなかちょっとした料理屋などでは出せないような味を見せている。あれなどは鶏の骨や何にかで味とりをするよりは、いい鰹節を使った方が味のいいもので、私は、昔から残った日本の誇るべき料理の一つだと思っている。

日本人は店を食う癖がある。店よりは料理人の腕を充分に食っていただきたい。フランスの料理屋などでは、今度これこれの料理人を雇入れたという広告を出すが、さすがに行届いたものである。

材料に食われる

われらの小野さんが名代の食通で、自然秋山さんとは懇意だったし、先般天皇陛下から記念のお品を下賜された宮廷記事の名記者藤樫準二氏と私との特に親しい関係もあって、秋山さんとはこのお話をうかがう以前から、何にやかやと幾度かお目にかかっていた。この時は秋山さんのお宅の応接間でずいぶん永いこといろいろ余談を交えてうかがったと覚えている。確か赤坂の溜池辺にお住まいだったと思う。

外国を方々廻って来られたから、その影響が応接間ににじみ出ていて、深いカーテンが窓を掩うようになっており、落着いたお部屋だった。お話はこの記事以外にうんとある。その頃私は大いに洋食通をふり廻したりして同僚を閉口させたが、今になって白状すると、何あに、みんなこの時の秋山さんの請売りである。それ以来秋山さんとはとんとお目にかからないが、お年を召されていよいよ味覚に風格を示していられることと思います。

今、この記事によって、ふと思い出した。小野さんが小笠原長生さん（元子爵）を赤坂の宇佐美へ招待したことがある。私も陪席した。この時に小笠原さんは、どんな小さなお皿でも必ず一度ごとに手にとって、口元まで持って来て召上った。お汁のたっぷりした物など特に目立つほどであった。

私は「ははあーん、小笠原流というのはこれだな」と独り合点をして、その後長上と同席の時は必ず、こうして頂戴して来た。今秋山さんのお話をよんで見ると、関西流の食べ方だという。自分で書いた記事のことをいつの間にか忘れて、小笠原流と思い込んでいたらしい。

しかし今、秋山さんのこのお話を読み返して見て、実は他の諸氏に比べて記事としてはあまり面白くない。あれほど含蓄のある方から、あれほど長い時間いろいろお話をうかがっていながら、これ位より書けなかった私の未熟がちょっと恥かしい。よく物を書く場合「材料に食われる」ということがある。これは秋山さんの材料が、あまり良過ぎて多過ぎて、私の腕では手に負えず、完全に食われてしまったというものでありましょう。私はこの年になって、今、ここで誠に尊い一喝を受けたような気がしました。

（昭和三二・一二・二）

当番僧の遺繰り

〈鎌倉円覚寺管長　古川堯道氏の話〉

わしのおやじは御維新前に牛肉などを食ったその頃のハイカラで、わしも十一で小坊主になるまでは、これでなかなかうまいものを食って育ったよ。ところがはじめて坊主になった松江の円成寺という貧乏寺がまた大変なところでな、あの「ぬか」な、あれを蒸してそれへ塩をうんとこさ打《ぶ》ち込んでから一生懸命杵《きね》でついて、それを大きな団子にしておくんだ、これが味噌よ。

こいつを順ぐりにしまい込んで三年目ずつに出して来てな、それを適当に熱湯へ入れてかきまわし、年を越させて枯らしてある赤い大根の葉っぱをむしりとってはぶち込むんだ。これがおつゆで、飯というのが麦五分に米五分、その麦が丸麦でな、もそもそして食えたもんではない、閉口したもんだ。それでそっと寺をぬけ出しては、そば粉を買って来て、これへ湯をさしてねってては塩をふりかけて内緒で食いおった。

それにこの寺では、葬式だの法事だのばかりかせがせておいて、禅もやらんしお経も教えない。閉口して後には備中の寺へ代ったが、この寺の飯というのがまたわしらの方で「内三」というやつでな、麦三升に米四升の割なんだ。うまいかも知れんなんて思う人は一つためしに食ってごらん、本当に寿命をちぢめるぞ。これに味噌汁がまた大変よ、ここでは味噌だけはまあどうやら本物だった。「くさぎ」というものを知っているかな、そりゃあくさいもんじゃ。あれをとって来て、ゆでしぼって乾しといては、これを実《み》に入れるんだ。妙な食物じゃよ。坊主でもなけりゃ、まあ食えんじゃろな。この「くさぎ」の味噌汁をのんで、それでもわしゃ二十歳までこの寺にいて、二十一からここ(円覚寺)へ来た。ところがいまはまあ管長という訳だが、本山といってもちっぽけなもんで、相変らぬ貧乏寺じゃ、やはりろくな物あ食わん。

それでも坊主もこの節はなかなか贅沢じゃから、よっぽどよくなったが、この寺でわしの若い時の飯が、朝は麦の挽割が一升に米が三合だけ入ったかゆ。時には丸麦一升に米三合、これを「外三」といってな、まあ米は探さにゃ見つからんくらいじゃ。このかゆに、大根の葉っぱの漬物がつく、葉っぱといったって青い瑞々したやつじゃないぞ、例のようかん色になった奴よ。

昼は醤油をしぼったしぼりかすの捨てるようなやつを、よくすってな、それをこして湯を入れたのが味噌汁。うまく行くと実《み》に「ひじき」などが入っている、と、いったところで、もともと豆かすは豆かすだから、味もシャラシャラもあるもんか。

夜は朝の粥《かゆ》、昼の麦飯味噌汁などをごたごたにした雑炊を食うのだが、大体この麦一升に米三合というのが表向きの誤魔化しで、当番がその僅かな三合の中から一合や二合はちよろまかしてしまうんじゃ。これをためこんで時々たくのがわしらの方で白的《はくてき》というつまり白い米の飯、幾月に一回ありつけるか、当てはないが、こいつをやる時のうまさなんというものは、この寺の坊主でなくちゃわからん、あまくて、やわらかくて、白い飯はうまいな。

あまり白い飯がうまいもんじゃから、いろいろ考えたのが仏餉米《ぶっしょうまい》というやつで、各家へ三合位入る枡《ます》のようなものを預けて、これへほとけへ供えるつもりで米を入れといてもらって、一ぱいになるともらって来るんじゃ。ほとけ様をつかって坊主が食うんじゃが、これで近頃は大助かりよ、ところがこううまい物が食えるようになると、若い坊主は色慾がさかんになる、奴らはこれで閉口する、一方がよくなりゃ一方が悪くなる、どうも困ったもんじゃぞ。

うどんのうんと熱い奴へ生醤油をつけて食うのはうまいな。この僧堂ではまず第一の珍味じゃ。冬なんかつゆを多くして食ったら、第一からだが温まるしうまい、うまい。殊にな、禅の寺では「三黙」といって、禅堂と食堂《じきどう》と風呂では、ものもいえんし、音も立てられん。食堂では、口を開いてべちゃべちゃ食べることは出来んので、飯を入れると口をうむっとしめて、奥歯でもりもりやるんじゃ、馴れんとそりゃあ苦しかろ。ところがこのうどんだけは、いくら音を立てて食ってもいいんじゃ。それに、も一つ、飯は三杯と定まっているが、うどんは幾杯食べてもよろしい。みんな喜んでな、わざと音をたててずるずるずるずるやるんじゃよ。こうして自由に物を食うということは何によりもうまい。

ただ俗家へ行った時出してくれるところもあるが、大ていは茶わんが臭くていかん。魚くさいぞ。直接その茶わんに魚を入れた訳じゃなかろうが、同じ桶の中で洗いでもするんじゃろう。どうも俗家のものは、お茶でも水でもみんな魚くさいので弱るぞ。

魚を食った奴が、そばへ来ると、わしは胸がむかむかして来る。煙草をのんだ奴も困るし、酒をのんだ奴も困る。魚を食った奴は、同じ部屋へ入って来るとすぐにおうもんじゃ。先年病気をして清川病院というところへ入院した。院長が洋行した男でハイカラじゃから、どうしても病気のために牛乳をのめの魚を食えのというんじゃ。食えといって食えるもんか。わしゃ閉口してとうとうそっとその病院を逃げ出して寺へ帰って寝ておった。

わしは白い米の粥を、梅干をお菜にして、ふうふういって食べるのがうまい。うまい、うまいというもんじゃから、よく俗家の人たちが「梅びしお」(梅醬)をこしらえて持って来てくれる。あれは砂糖がはいるとうまくないが、生のままのやつを、お粥の上へ少しばかりとろりとかけて食べるのは格別だな。

陸前の黒川郡というところへ若い頃、左様さな三十五、六年も前かな、そこへ托鉢に行ったら、あるところで、わしら三人の坊主へ麦飯を三升にとろろをこしらえて食わせてくれた。これをぺろりと一粒残さず食べたっけが、うまかったな。この頃もよくこれを食わせてくれるところはあるが、やはり魚くさくていかん、いかん。

汽車で旅へ出て一番困るのは弁当よ。梅干を入れた握り飯を持って出るが、少し長い汽車になると、パンばかり食っていにゃならんので閉口する。いつかも食堂のボーイが来たから「くさくないものがあるか」ときいたら「ある」というので行ったらな、洋食を出した。わしゃあ見ただけで、胸がげえげえいってすぐに逃げ戻ったよ。

後で飯だけでもとって、香の物で食べようとしたら、第一その飯がくさくていかんし、香の物までくさい。一体何にを入れてこしらえるのかなア。仕方なくきゅうりもみと茗《みよう》荷《が》をもらって、こればっかりを食って旅をしたことがあるよ。もぎたてのきゅうりや、トマトなんかを、そのままやるのはうまいもんだな。トマトの味なんてものは、実に枯淡な気の利いたやつよ。

大根もいいが、煮たのよりは生。野菜物の生の味というものは食らえば食らうほどにうまくなり、よくわかっても来る。とってすぐ食べる、こいつが一番うまい。丸ビルの森永に野菜を入れたパンがある。わしはあいつがすきでな、東京へ出るたんびに買ってくるが、感心に、わしの嫌いな、くさいにおいはないよ。

何んだかんだいうものの、わしのような禅のしかも貧乏寺の坊主なんかには、白状すると本当は物の味はわからんのだ。いろいろ修行をしている時、食らえどもその味を知らずで、実はうまくてもうまくなくても同じことよ。釈迦がいったな、食物はからだを養えば足りる、よきにつけ悪しきにつけ増減するなってな。無我夢中で味も知らずに食らっているところが、こりゃまた本当の味かも知らんぞ。

うどんに生醬油

禅の総本山見たいな鎌倉円覚寺の管長だなんて言えば、眉の白くたれた老僧かと思って行って見たら、当時あまりお若いんでびっくりした記憶がある。こういうところの偉いお坊さんになると、お目通りをするのにいろいろ面倒なこともあるからと、あらかじめ鎌倉の支局の人に連絡をとっておいて貰ったので「やあ、おいで」とか何んとかいってお逢い下さった。どっちかと言えば小柄で、気取りも構えもなく、淡々として話してくれた。

書院というか何んというか、広いがらんとした座敷で相対したんだが、そこがひどく寒くて、ぞくぞくしたように覚えている。この記事は夏から十月末まで書いたのだから、いくら巨木に包まれた昼なお昏い深閑とした禅寺にしたところが、寒いなんてことのあろう筈はない。それが、この記憶だけが、今日なおまざまざと肌に感ずるほどに残っているのはどうした訳だろう。

話はどれもこれも、あまりうまくありそうもないことだが、堯道師のおっしゃるのをきいていると、それが不思議にみんなうまそうで、中でも、うで立てのうどん、どっちかと言えば太打ちのものへ生醤油をちょっぴりつけて食べるのは、元来がうどん好きな私は今でも時々やる。この生醤油へ味の素なんか入れたり、何にか薬味を入れたりしては駄目です。本当の生のものがいい。ただ、これのつけ加減が、多くていけず、少くていけず。口へ入れて思わず「うむ」と唸るようなことは滅多にない。第一、こういう会心のうどんにはなかなか廻り合えないですよ。しかしうまいことは確かにうまいから、もし同好の士あらば試して御覧なさいまし。

私はいろんなうどんの食べ方をする。一つの鍋に適当に湯を入れ、それへ豚肉を二百目位入れて、これをぐたぐた煮立てている中へ、うどんをさっと入れる。玉が崩れてさらさらとなったところをつまみ上げて、下地をつけて食べる。うどんが芯《しん》まで熱くなっては駄目、やっと温か味が通ったか通らないか、うどんの玉が崩れたか崩れないかという、この加減がちょっと面倒だが、これを熱くしてある下地へつけて食べるのです。うどんのほんの上皮へ、豚の脂がとろりとのったところ、その脂も芯へしみてはいけない。

ところでこの下地だが、昆布だしをどろどろと言ってもいい位十分にとって、これを四の割、醤油一、みりん一の割に拵える。うどんの太打ちの時は少し煮つめ加減に、細い時はあっさりやる——とか何んとか申しますが、これなんぞは下手《げて》好みで、食通の方々のお口には合わないかも知れません。

話が横道にそれました。堯道師のこの時のお話に書きもらしてはあるが、米の味ということがたびたび出た。私は一と頃、ずいぶんそれに凝りましてね。金もないのに方々の知人へその土地土地の米を頼んで送って貰ったが、米というものは日本一が方々ある。しかしこれはなかなか問題がむずかしい。熱い時に食べてうまい米、冷飯になってから本当の味の出るような米、実にいろいろある。私は冷飯、それも生ぬるは大嫌いで、本当に芯まで冷たくなった飯が好きですから、自分の好みが中心で、大きな口は利けませんが、この冷飯で一番うまいのは秋田の本荘米だと思い込んでいる。もし私が生きていたら、も一度、往年の米道楽をやっても少し米の自由な時代が来て、見て死にたいと思っている。

さてこれは全く別な話。

この正月は銀座千疋屋の斎藤義政さんから、天然記念物樹齢八百年大分県津久見市蔵富の小蜜柑を贈られ、私も新春早々の喜瑞として賞美した。実にいい味です。千疋屋では

「美味の真とはこれなるか、ああ八百年枯淡の味」といっているが、これはまさにその通り、大幹はすでに朽ちたというが、保元二年、又四郎というものが青江古川のほとりから移植し、「その枝倒れて地につき根を生やし、またその枝倒れて地につき」一樹よく森をなして八百年の齢を保ち、葉張五十間、今もなお平年作七百五十貫の実を結ぶという。目出たい話であると共にその小蜜柑の味を、ちょいと吹聴いたします。

四谷馬方蕎麦

〈彫刻家 高村光雲翁の話〉

御維新前後、そばもりかけ十六文。店の前の往来へ、大てい正面に「二八」横の方に「二八そば」と書いた大きなあんどんがおいてあった。下開きの幅の広い板が台についていて障子紙を張ってある。横長の掛けあんどんには、そば、うどん、もりかけと最初に書いて、それから花まき、玉子とじ、天ぷら、しっぽこ、南ばんと、順に右から左へ縦書にしてある。これが夜の四つ、今の十時まではとぼとぼと道を照らした。

ところによっては、往来、このあかりが一つという淋しさ。お武家はあまり行かないが町人は食べに行く。家内のこしらえは今と大差なく、やはり切落しの土間になっていて、そこに八間がついている。この八間というのは、今の人にはちょっとわかりにくいけれども、大きな紙のいわば傘で、その下に土瓶《どびん》形をした金物の油つぼがあって、その口へ火がついている。油煙がどんどん出るので、八間へ張った紙はすぐにくすぶったものである。

そばやとか湯屋とかのあかりはみんなこれであった。

　そばは手打ち、うでてしゃっきりと角があって、おつゆをかけて出されても、きらりと光っていたものである。「かけ」の丼は八角の朝顔がた、せいろも今のとはちょっと違って、あの四角の端に耳が出ている、つまり井桁《いげた》に組んであって、あげ底に細い竹がすうすうっとつくりつけになっている。このごろは、竹のすだれで至極手軽になっているが、あんなものではなかった。手で粉をこねて、のして、さくりさくり切ったそばである。今のように機械でずるずる出て来るのとは違って、風味があった。「ざるそば」というのは、通常のところには無く、竹あみの一枚ざるへもって出すので、海苔なんかかかっているものではない。神田けだもの店（今の豊島通りを右へまわった辺）に「二六そば」という名物、つまり十二文で、なみのところより四文安いが、またその安いざつなところに一種の味があって、そば食いたちはよく出かけた。なかなかうまいものであった。

　四谷の「馬方そば」も評判で、真黒いがもりがよくって、一つで充分昼食代りになった。四谷も今でこそあんなに結構なところだが、あの頃は馬方ばかりがぞろぞろ通って、並の人よりこの方が多い位であった、そこで馬方が休んではこのそばを食べるので、遂に「馬方そば」となってしまった。

　両国回向院《えこういん》前に「田舎そば」というのがあった。有名でよく遠くから食いに集まった。このうちには細打ち、中打ち、太打ちと三通りあって、註文次第でどれでもこしらえてくれる。細打ちは通常のものだが、少しそば道楽となると中打ち、通はみんな太打ちにした。一つのざるの中に親指位のが二、三本くるくると巻いてはいっている。奥歯でかんで食べるのだが、すばらしくうまかった。

深川弁天脇の「冬木そば」はなかなか凝ったもので、贅沢やが珍重した。浅草駒形には「つんぼそば」、おやじがくるくるの坊主頭だったから「坊主そば」ともいった。今でこそ何んでもないが、この時分の坊主頭というものは目立ったもので、そのうちに一人でも坊主なやつなどがいると、すぐに坊主何々といったものだ。ざるそばがよかった。

麻布永坂の「更科」、池の端の「蓮玉庵」、団子坂の「藪そば」はその頃から有名で、神楽坂の「春月」は二八そば随一のうまさだなどといわれたものだ。下谷車坂の「小玉屋」というのも評判。七軒町の佐竹ッ原のところに「蘭麺」というのがあって、これもうまかったが、何にしろあの辺はずっと屋敷町で、夜になると真ッ暗で、鼻をつままれてもわからぬ位、それに佐竹侯だの立花侯だの中間折助《ちゅうげんおりすけ》などが悪戯《わるさ》をするので、女などは通れなかった。

よく昼間出かけて行くと大名の屋敷内などから、金蒔絵をした立派な重箱をもって、そばを買いにきていた。一体あのそばは元禄時代からぼつぼつ出たものだということで、はじめ菓子屋で売ったというが、その頃になってもまだ菓子屋で、そばを売ってるところもあった。今のうで出しうどんのように、これを買って来て家でうで、つゆをこしらえて食べるものもあった。

「夜鷹そば」はいかにも江戸らしい風情のあったもので、細いあんどんにお定まりの当り矢、手拭をとんがりかぶり（けんかかぶり）にして、風りんをチンリンチンリン、「そばァウーイ」とくる。筒袖のこしらえ。これに按摩、犬の遠吠えは深夜の形容の仲間だが、ちょっと淋しいものである。それで値段は二八そばと同じに大てい十六文だが、うまい奴と、馬鹿にまずい奴とがあった。いいのになると土佐節の上等などを使って、すてきなものをかついで来た奴があったものだ。

火事見の帰りに、往来へしゃがんでこれを食べる。火事はまず冬、凍るようなところで舌の焼けるように熱いのを、ふうふう吹きながらたべる、味百層倍で、少食なものも三杯はお代りをした。この時分の火事見というのがまた大変で、親類がある友達があるというのではないのに、ジャンと来ると、それッといって飛んで行く。伊達のさしこを着て、ことにお店《たな》の若旦那なんていう手合いは、墨絵なんかを書いたさしこを着て、銀のピカピカした手かぎを持って、はらヨはらヨとやって行った。

大ていこんな手合いが現場へ着かないうちに火事は消える。さあ寒くなる腹はへる。ぞろぞろ帰って来るのを待って「夜鷹そば」は荷をおろす。帰りを待つというよりは、そら火事だというが早いか、ほとんど江戸中の夜鷹そば屋はこの火事場へ集まって来たものである。

夜鷹そばやのお得意は火事帰りと真物《ほんもの》の夜鷹。これは本所吉岡町辺から、巻いた蓙《ござ》を一枚ずつ抱えては、ぞろぞろぞろ出て来たもの、いかがわしいものばかりであった。相場がきまって二十四文、今の浅草橋、その頃は見附で、川へ突き当って郡代屋敷、それから万世橋の方へ来る柳原河岸、昼間は片側へ床見世がずらりと出るが、夕方には引上げてしまう、その後が夜鷹の本場であった。

これらが夜ふけて帰りがけにはよくそばを食う。これを見込んでそばやがまたその辺に時刻を計っては集まって行ったものであった。

この夜鷹の相手になるのが屋敷の折助、昼は真鍮巻きの木刀にはっぴか何んかで、しゃちこばっているが、夜になって屋敷出入りのそばや、寿司屋、料理屋などをいたぶって歩いては、僅かな銭をもらって出かけたものである。その後この夜鷹そばは次第になくなって、鍋焼うどんというのが、ひと頃ひどくはびこった。落語の小さんがおはこでやるやつ。今のシナそば同様である。

その頃粋な人はそば屋でよく「花まき」そばというのを食った。この頃はあまりはやらぬが、どこのそば屋でもあのしたじにはみんな相当に念を入れたものである。

そばや道具で未だに目に残るのは朱塗りの「湯とう」。そば湯を入れて出すのだが、四角なもので、角のところに口がついている、まず二升位もはいるもの。この時分、他人の話の間に他から口を出すのを「そばやの湯とう」といった。これは角から口を出すという意味である。

寿司は、今とあまり変っていない。こはだ、まぐろ、あなご、玉子など同じような種であるが、値は屋台で大ていまず一つ八文。それでいて魚を吝《お》しまなかったためか、今よりはうまかったような気持がする。そのまた職人というのがすべて気の利いたこしらえで、食物職人の中では第一に派手なものであった。今は全くなくなったが「仕出し寿司」、これはうまかったし、ちょっとおやつなどにいいものであった。

手拭を吉原かぶりにして、粋な物ぎれいなこしらえの売子が「すしや、こはだのすーし」といってやって来る。舟の形をした菓子折のしっかりしたようなものを積み重ねて、これを肩にのせて、草履がけか何んかでいい声で売りに来るのである。

この仕出し寿司、大きな問屋が沢山こしらえて売子へ渡すのであるが、舟一つに二十四詰っていて、値はたった百文（一銭）、一つ四文という安いものである。舟の上には桃色のふきんがぱらりとかかっていた。当時まぐろも、もとよりあったが、寿司の代表はこはだ、これが一番となっていたので「寿司やこはだの寿司」とふれた。こはだという魚は、あのまま食べてはつまらないものだが、寿司にすると馬鹿にうまくなる。

のり巻、鉄砲、玉子、おぼろ、蛤むきみ、こはだ、きりするめ、と、こう七種入っている。海苔なんかはすき切れたようなやつ、玉子は出来るだけうすくしたもので、どう考えてもうまくない筈だが、これがまたちょっと風情があってうまかったのだから面白い。おぼろなどにしても、魚はほんのちょっぴりで、後はきらずか何んかで、ふやしたものであった。

「茶漬」というものがひどくはやって、老人子供の出歩きだとか、墓参の時には、必ずここへ立寄るべきように心得ていたものだった。中野、堀の内妙法寺の帰りにはきっと入った「しがらき茶漬」。浅草並木の「奈良茶づけ」これはうまい奈良漬をつけてくれた。駒形の「あけぼの茶づけ」。浅草の「宇治の里」。五つの珍しい品をつけた「五色茶づけ」。蔵前には「祇園茶づけ」というのがあり、至るところに「七色茶づけ」、これは漬物の変ったのをいろいろ取揃えて出したもの。「蓬莱茶づけ」「天ぷら茶づけ」。この頃は、天ぷら屋といって天ぷらだけを食わせるのは大ていは屋台で、家をもっているものは、必ず何々茶づけというのをやっていた。

日本橋の通三丁目に「紀伊国や」という天ぷら茶づけ、ひどく評判だったが一人前七十二文とった。普通は、まずちょっとしたところで三十二文、百文即ち一銭あれば一日食って廻れたものである。茶づけ屋は多く自慢で「にしめ」を出した。それから、おちょこの、いり豆腐、香の物、その外何にか一品位だが、この茶づけ屋のこしらえというのがまたなかなか粋で、ずうーっと入ると右に大きなかまどがあって、その上へピカピカに磨いたあかがねの茶釜、これへ夏でも湯がちんちんわいている。うこんのふきん、青だたみ、思えば構えに申し分なく、食わせる茶づけもあっさりとした江戸らしいうまいものであった。

耳学問

光雲先生のところへも実によくお邪魔をした。御承知の通り江戸の下谷っ子で生粋《きっすい》の下町生れ、しかも言わば昔はお職人だという人だから、言葉つきから何にからそのお話の面白いったらなかった。いつ行っても気楽に会ってくれて、あの偉い人が「さあお平《たいら》に、お平に」とかいって、少しも気取らず、こだわらず、ざっくばらんな話を、実に細かく手にとるようにして下さる。

話術がうまいとか座談に巧みだとか、そんな生まやさしいものではない。先頃、岡本綺《おかもとき》堂《どう》先生の半七捕物帖をはじめから読み返して見て、わたしは途中であの話をしている半七と光雲先生とがごっちゃになって困った。はじめ半七のつもりで読んでいると、いつの間にか光雲先生になってしまうのである。

いつの頃からか江戸の話の好きになったわたしは、やって行っては長い時間お話をきく。あすこの川っぷちを廻ると武家屋敷の塀があって、そこを通り過ぎた町家の角のところに暮六つになると辻行燈がついてというような話は、わたしは今日もなお、自分でその江戸を見て来たような気持でいるのは、考えて見ると、光雲先生がしっかりと頭の中にしみついたものでありましょう。

「戊辰物語」というものを新聞に連載したことがある。幕府崩壊が戊辰の年で、それを書いた年がちょうどこれに当ったので書き出したのだが、三日にあげず先生を訪ねては、江戸の話をきいた。それから尾佐竹博士だの、藤井甚太郎先生だの井野辺茂雄先生だのという幕末史の諸先生をぐるぐる廻っては書く。このために一番得をしたのは新聞社ではなくわたし自身で、「わたしはいい耳学問をしている」と自慢をする一つがこれである。鳥羽伏見で幕軍が滅茶滅茶にやられて将軍が江戸へ逃げ戻る。そんなことを知らぬ江戸っ子は、湯屋《ゆうや》の板の間で呑気に無駄っぱなしをしていたなどという光雲先生の話は、ただそれだけで当時の江戸がわかるようで、思い出すと今でも面白い。

その頃、銀座の千疋屋からちょっと北へ行ったところに小さな骨董屋さんがあって、わたしはよく詰らないものを見つけてはふところを無理して買った。詰るにも詰らないにもまず第一に安いということだから、所詮ろくな物を買える筈はない。あれはお頭の小野さんの悪い病気の一部がうつっていたのだろう。

ここで片腕の折れた光雲先生の木彫の観音様を買ったことがある。立派な桐柾《きりまさ》の箱へ入って先生自身の箱書がある。もう一つは竹内久一先生の片耳のかけたねむり猫。

何にしろ二つで三十円位だったと覚えているが、こっちはまるで目くらである。いい物だと思うからそれを抱いてすぐに光雲先生のところへ行って「こういうものを買いました」というと、先生はからから笑って「これはわたしより上手だ、極《きわ》め字もわたしよりうまい」という。竹内先生のも真っ赤な偽物、考えたってそんなお金で買える筈はないのだが、これが世にいう安物買いの銭失いという奴でしょう。

「片腕の観音は可哀そうだ、気の毒だからそのうちにいいのを作って上げよう」「え、本当ですか」「本当だよ。それまではそれを持っていなさい」。しかし残念ながら先生が昭和九年に病歿なさるまでには、作っていただくなどというあまりうますぎる話は実現されなかった。


上野の西郷隆盛の銅像の原型は先生が作った。いやあれは本山白雲だなどという話があるけれども、わたしは先生があの原型を作る時のお話をうかがった。軍服を調べたり、靴を見たり帽子を見たりして、からだの大きさというものは大体出来たが、何にしろ顔ということになると、例のキヨソネのかいた肖像画だけで、写真というものが一枚もない。それがどうも絵だから多少違っているという。

ああでもない、こうでもないといろんな原型を作って、それをそのたびに未亡人に見せる。大体似ているが、ここがこうだった、うしろ首の辺がこうだったという訳で、幾度修正しても満足ということには行かない。結局「まあこんなところで——というのがあの銅像さ。満足なものではないよ」と先生はいっていられた。

＊

さて――。

「味覚極楽」もこれで終りになりました。わたしの知人に古川さんという北海道の釧路というところの新聞の社長だった人がいた。

この人が何にか選挙違反のことで、窃かに土地を逃げ出して東京へ来たことがある。その頃あった神楽坂の寄席へ行っての戻りに「蕎麦屋で一ぱい飲みましょう」ということでわたしを連れられて入られたのが、この光雲先生の話に出て来る「春月」という蕎麦屋。お稲荷様か何んかのお社の隣だったと覚えている。

ここでこの釧路の人が「天ぷらのぬきで一本いこう」という。わたしは「ぬき」などというものを知らないから「ぬきって何んですか、そんなものは出来ないでしょう」という。「いや、出来るよ。ぬきというのは天ぷら蕎麦の蕎麦を入れずに持って来る奴でな、別に吸たねともいうよ」と教えられた。

いかにも見ていると蕎麦の入ってない天ぷら蕎麦が出て来る。酒をのまないわたしの方は蕎麦がある。北海道釧路の人に教えられてはじめて、かかる物の存在することを知ったという、こういう人間が聞き書した「味覚極楽」であります。おそらくは話し手のお話しなさろうということを充分に伝えていないかも知れませんよ。どうぞこの辺のところは御諒承下さい。

これは昭和二年八月十七日から十月二十八日まで七十回書いたのだが、小野さんが「世界料理展覧会」を見て「料理は芸術なり」と痛感して思いつかれたことからはじまったもので、掲載中はいやその投書というものは大変でした。

「記述は平明、誰もが興味を持ち且つ分かる内容、話題は豊かに」

というような小野さんの指示、実はわたしも楽しみながら書きました。

かえり見て小野さんの期待に添ったかどうかは怪しいが、とにかく終了と共に、小野さんは部員一同を品川の「三徳」という女郎屋街の中にある蛤鍋《はまなべ》の夜明け屋へよんで御馳走をしてくれました。

右終了の御挨拶まで。

昭和三十二年二月二日

解説

尾崎秀樹

子母澤寛さんが、お元気だった頃、毎月のように鵠沼のお宅へ伺った。中央公論社で刊行された『子母澤寛全集』の打ち合わせもあったが、それを名目に子母澤さんから、いろいろと史談、事暦譚をうかがおうというのが、こちらのねらいだった。

お猿の三ちゃんを懐からニョキリ、顔を出させて、いたわりながら愛猿談義をうかがったこともあったし、一緒に鵠沼海岸を散歩したこともあった。近くの「金寿司」までおともをして、御推奨の寿司を賞味したことも忘れられないし、鎌倉の円覚寺、建長寺から、横浜の中華街まで遠出したことも記憶にあざやかである。

「金寿司」はたしかたちばな通りだった。壁に「味無値」と書いた子母澤さんの色紙が掲っていた。「金寿司」のおやじ山口金太郎さんとは、三十年来のなじみということだった。子母澤さんがまだ大森に住んでいた頃、ある年の夏、鵠沼海岸で泳いだ後、なんということなく立寄った屋台店の主人から、ひと奮発して寿司屋を開きたいが、先だつものがない、一つ力をかしてもらえまいかと相談をもちかけられた、こっちだってそんな余分の金なんてねむらしちゃいない、そこで大いに書いて、そのかせぎを廻してやったというわけである。

私は「金寿司」のおやじと子母澤さんの出会いを聞きながら、あらためて「味無値」を眺め、愛読した『味覚極楽』を思い返した。

「『父子鷹』で勝小吉が、割箸をびしっと割いて蕎麦を喰う箇所がある。あれが人にいわせると、どうも歴史的にそぐわないというんですね。むかしはよく蕎麦屋でも、一度使った箸をざるかなんかに入れて乾してあった。夜鷹蕎麦が割箸を使うなんざちと御上品すぎやしないかというんでしょう」

たしかに『父子鷹』にそんなくだりがある。「お寒いですから一つ如何です」と新しい割箸を添えて鼻先に出された蕎麦を、小吉が黙って受取り、前歯でびしっと箸を割って無言で喰う場面だ。

「あそこはびしっと割箸を割る音がはいらないことにはいけません。静かな夜寒の感じが、その音一つでひき立ってきます。小説では事実の考証は、離れてまずく、いきすぎても具合の悪いものですね」

そんな話をうかがったのは、どこだったろう。私はその聞書きを「鴇沼閑話」と題してまとめたことがある。

それはそのまま『味覚極楽』中の高村光雲翁の回想にもつながる。

「『夜鷹そば』は如何にも江戸らしい風情のあったもので、細いあんどんにお定まりの当り矢、手拭をとんがりかぶり（けんかかぶり）にして、風りんをチンリンチンリン、『そばァウーイ』とくる」

というだけで、光雲先生の話から、江戸幕末期の市井の風物がうかびあがってくるのだ。『味覚極楽』を最初に読んだのは、中学生の時、まだその醍醐味がわからなかった。やっと多少でも理解がゆくようになるのは、身銭を切って、ちょっとした店を廻るようになってからだ。しかしその時には、すでにここに紹介された老舗の多くは歴史上のこととなり、代の替った店も少くなかった。だが『味覚極楽』が今日でも多くの人に愛読されるのは、味覚のもう一つ奥にある〝美味求真〟を、人情の機微に映して描いてあるからだ。

『味覚極楽』は、はじめ「東京日日新聞」の〝つづきもの〟として、昭和二年八月十七日から十月二十八日まで連載され、同年十二月に光文社（現在の光文社とはちがう）から刊行された。当時は東京日日新聞社会部編となっていたが、実際は梅谷松太郎（子母澤寛の本名）の執筆による聞書きであった。

当時の東日社会部長・小野賢一郎は、食通・趣味人としても知られていた。小野はその頃上野で開催された「世界料理展覧会」を観て、〝料理は芸術なり〟と痛感し、目で見て舌で味う芸術の醍醐味を求め、いわゆる料理通の話ではなく、誰もが興味をもち、理解できる内容のものをと考え、梅谷記者に白羽の矢をあてたのであった。

梅谷松太郎が子母澤寛の筆名を用いるのは、昭和三年からで、『味覚極楽』刊行の当時は、まだ社会部遊軍・梅谷記者にすぎない。しかし小野賢一郎がほかならぬ梅谷記者をこのつづきものの筆者に択んだのは、すでにその分野で定評があったからだ。

読売新聞社会部につとめていたころからいくつかの〝囲みもの〟記事を手掛けており、聞書き形式による執筆では、右に出る者がなかったといわれるほどだ。『味覚極楽』の回想部分にもあるように、子母澤寛はけっして、聞書きの相手の前でメモをとらなかった。すべて記憶にたよってまとめている。それが新聞記者ぎらいの人々の好感を得たいわれであろう。インタビューに際してマイクをつき出されると、頑固に発言を拒否する人がいるのと同様、メモを取る記者の前では何もしゃべらない人が少なくなかった。子母澤寛は、その相手の心情を柔らかくほぐしながら、座談のうちに話題を引き出し、それをまとめあげたのである。

『味覚極楽』には、石黒忠悳子爵をはじめ三十二名の味覚談義があつめられている。華族、政・官・財界、宗教界、文化、芸能界など各界の食通が登場し、銀座の千疋屋、日本橋の浪花家、赤坂の虎屋、麻布の大和田、それに宮内省厨司長の秋山徳蔵から、印度独立運動の志士だったボースまでふくまれ、語られる内容も和洋中華と多種多様だが、それぞれに含蓄が感じられるのは、語る人の年輪の厚みがそれを支えているからにちがいない。

連載時や初版刊行当時は、子母澤寛は、まだ舞台の黒衣にすぎなかったが、戦後、昭和二十九年から三十二年へかけ、「あまカラ」誌上で、もとの文章に補筆し、語り手個々の印象記を添えて、より豊かな肉づけを行った。それを一本にまとめたのが、昭和三十二年五月に龍星閣から刊行された『味覚極楽』で、中央公論社版全集に収められたが、文庫版は全集をもとにしている。

聞書きの部分に、戦後の補筆をあわせて読むと、人間味が加わり、それに書き手の興味のあり方もわかって、二重、三重のおもしろみがわいてくる。麻布「大和田」のうなぎ、うまい物屋の「はち巻岡田」、縄のれんだった四谷の「丸梅」、震災後神戸へ移った「天新」、日本橋呉服町の「浪花家」、同じく日本橋の「春日」、会席なら「錦水」「花月」「八百善」「福井楼」、寿司では「呉竹寿し」「新富寿し」「幸寿司」「紀の善」「与兵衛」「鳴門寿し」、さらにフランス料理の「二葉亭」、ドイツ料理なら「ケテル」と、まことににぎやかだが、大倉男爵夫人のように、自宅のコック顧春生のつくる伊府麵をあげる人もあり、増上寺の道重大僧正のように冷や飯に沢庵、豆腐に生醬油を第一とする人もいる。

そして子母澤寛は、各界の名士から多種多様の味覚談義を引き出しながら、みずからの味覚哲学を語っている。キザはごめんといい、下手味の中に下手味をそのまま生かした洗練さを求める子母澤寛の文章は、味覚の極もまた人間の味につきると言外に語っているようだ。

私は『味覚極楽』で子母澤寛にちなむ店を何軒か食べ歩きしたことがある。蕎麦屋行脚もやってみた。子母澤寛がよく仕事場にしていた妙義山麓の東雲館の鯉のあらいや鯉こくも賞味した。そして最後に誕生地に近い石狩川に出かけて行って冬のさなかに鍋をつついた時、子母澤さんが「年とると、厚田っ子だった子供のころの味が、もどって来て……」と述懐していたことを思い出したものだ。

『味覚極楽』は一九五七（昭和三二）年、龍星閣（熱海市）から刊行された。以後、一九六三（昭和三八）年、『子母澤寛全集第一〇巻』（中央公論社）に収録され、一九八三（昭和五八）年、中公文庫として刊行された。店名・個人名等の表記は龍星閣版に拠る。

本書には今日の人権意識からみて不適切と思われる表現が使用されておりますが、底本刊行時の時代背景及び作品の歴史的価値、作者がすでに故人であることを考慮し発表時のままとしました。（中公文庫編集部）

中公文庫

味覚極楽《みかくごくらく》

1983年9月10日　初版発行
2004年12月20日　改版発行
2013年6月15日　改版2刷発行

著　者　子《し》母《も》澤《ざわ》寛《かん》

発行者　小林 敬和

発行所　中央公論新社
〒104-8320　東京都中央区京橋2-8-7
電話　販売 03-3563-1431　編集 03-3563-3692
URL http://www.chuko.co.jp/

ＤＴＰ　平面惑星
印　刷　三晃印刷
製　本　小泉製本

Published by CHUOKORON-SHINSHA, INC.
Printed in Japan　ISBN4-12-204462-6 C1195

ち-3-54
美味方丈記
陳舜臣
陳錦墩
誰もが食べられるものをおいしくいただく。「食」を愛してやまない妻と夫が普段の生活のなかで練りあげた楽しく滋養に富んだ美味談義。
204030-4

た-34-5
檀流クッキング
檀一雄
この地上で、私は買い出しほど好きな仕事はない——という著者は、人も知る文壇随一の名コック。世界中の材料を豪快に生かした傑作92種を紹介する。
204094-6

た-34-6
美味放浪記
檀一雄
著者は美味を求めて放浪し、その土地の人々の知恵と努力を食べる。私達の食生活がいかにひ弱でマンネリ化しているかを痛感せずにはおかぬ剛毅な書。
204356-5

た-22-2
料理歳時記
辰巳浜子
いまや、まったく忘れられようとしている昔ながらの食べ物の知恵、お総菜のコツを四季折々約四百種の材料をあげながら述べた「おふくろの味」大全。
204093-9

か-2-7
小説家のメニュー
開高健
ベトナムの戦場でネズミを食い、ブリュッセルの郊外の食堂でチョコレートに驚愕。味の魔力に取り憑かれた作家による世界美味紀行。〈解説〉大岡玲
204251-3

い-6-8
男の手料理
池田満寿夫
美食だけが料理の醍醐味ではない。機転の有無が決め手となる。素材、季節感などに応じて、自由に考えて作る楽しい料理エッセイ。〈解説〉佐藤陽子
204202-5

き-7-3
魯山人味道
北大路魯山人
平野雅章 編
書・印・やきものにわたる多芸多才の芸術家・魯山人が終生変らず追い求めたものは〝美食〟であった。折りに触れ、書き、語り遺した美味求真の本。
202346-8

き-7-2
魯山人陶説
北大路魯山人
平野雅章 編
「食器は料理のきもの」と唱えた北大路魯山人。自らの豊富な作陶体験と鋭い鑑賞眼を拠り所に、古今の陶芸家と名器を俎上にのせ、焼物の魅力を語る。
201906-5